晓河莺歌

黄英/著

 吉林出版集团股份有限公司

图书在版编目（CIP）数据

晓河莺歌 / 黄英著. — 长春：吉林出版集团股份
有限公司, 2019.6

ISBN 978-7-5581-6921-2

Ⅰ. ①晓⋯ Ⅱ. ①黄⋯ Ⅲ. ①散文集－中国－当代
Ⅳ. ①I267

中国版本图书馆CIP数据核字（2019）第110713号

晓河莺歌

著　　者	黄　英	
责任编辑	齐　琳	
特约编辑	王顺兰	
封面设计	重庆祺虎设计	
开　　本	660mm×960mm　1/16	
字　　数	208千字	
印　　张	16.5	
版　　次	2019年9月第1版	
印　　次	2019年9月第1次印刷	

出　　版	吉林出版集团股份有限公司
电　　话	总编办：010-63109269
	发行部：010-85173824
印　　刷	三河市华晨印务有限公司

ISBN 978-7-5581-6921-2　　定价：49.80元

晓河莺歌读美文

——黄英散文集《晓河莺歌》赏析

我很早的时候就读到了重庆知名散文女作家黄英的作品，其文风清新流畅，文中涉及的知识丰富，历史凝重感强，读来给人以美的享受，就像在薄雾飘散、霞光初露的清晨，听到一声声鸟儿的啼鸣，那清晨的气息沁人心脾！

正好她的网名（笔名）就叫"晓河黄莺"，而"黄莺"正是"黄英"的谐音。我们在网上认识后，她谈到了笔名的由来："我过去用'黄莺'这个名字发表过很多文章，后缘于网上有和我笔名重名的，也缘于家乡有一条美丽的花溪河，我儿时的梦想曾在那里放飞，为了找寻童年的记忆，于是我将笔名改为'小河'。但试用一段时间后，遭到网友们的强烈反对，说那个曾经熟悉的'黄莺'不见了，后来，我便启用了'晓河黄莺'这个名字。我希望在每个清晨，彩霞落满我梦中的小河，黄莺在歌唱，心中的白鸽在湛蓝的天空自由地飞翔。"这段话很有诗意，由此可见，黄英是一个情感丰富而又心怀唯美追求的女子。

她是重庆市散文学会会员，也是《西南作家》杂志签约作家，曾获中华文学年度作家（散文）奖，也是诗歌爱好者，其作品散见于《散文百家》《西南作家》《重庆文化研究》《作家视野》《重庆散文》《重庆日报》《重庆晚报》《三峡晚报》等报刊，许多文章深得同行赞誉。当见到黄英时，我立刻感到其人其文是那么和谐、统一：苗条的身形，优雅的仪态，无论在什么场合，其打扮穿戴总那么入时，且与周围环境相适应，跟她的文章一样，很有感染力。

今天见到她的这本散文集，洋洋洒洒19万字，共分四辑，其文感情充沛，内容翔实，其题材反映了生活的各个领域，具有很强的阅读性，将生活中的所思、所感、所获、所悟，用散文随笔的形式表达出来，如《山城之雾》《天寒，难过冬》《朔夜》《乌镇寻梦》《桃花依旧笑春风》等。

她还谦虚地说："虽然我的文笔还很稚嫩，很不成熟，但这真实的笔墨却记录下了我的心路历程。我从小爱好文学，喜欢写作，但后来忙于工作和护理生病的双亲，也为了抚养儿子长大成人，我的写作之旅被迫中断了很多年，近些年我才重新将它置于我的生活之中，使其成为我后半生的伴侣。"当我看完黄英的整部作品，我反而觉得她写得很娴熟，已形成了自家的风格。

她喜欢"巴文化"，其中关于巴文化的许多知识和见解，一部分是小时候父亲讲给她的，一部分是长大以后她自己收集的，以后她还想就"巴文化"这个话题出专集。"吊脚楼是老重庆人永远也抹不掉的历史记忆。""楼与楼之间勾肩搭背、高低起伏，说不清谁是谁的院，谁装点了谁的景。""家家户户的门口几乎都要摆上几张凳子，那就是交流的媒介，重庆城多少传奇的故事就是坐在这样的凳子上摆出来的。"这些描写朴实而又新鲜，就像一个大姐姐在给孩子讲故事，一字一句，娓娓道来。

再看其写作手法：在《探秘会龙庄》一文中，除了交代疑问，她把景物中的对联也描写得非常细致，可见黄英的观察能力之强，而对联本身也为文章增添了不少的文学色彩。

除此之外，《黑城！黑城》《寿星庄的陈年碎影》《襄阳寻诸葛》以及《沾满阳光的啰儿调》等作品，历史感很强，极具可读性、研究性和收藏性，看得出作者花了大量的时间和精力去收集和整理。

由于篇幅有限，我只能从黄英散文的"小河"中引出淡淡的一股清泉，要想品尝其中甘甜的滋味，还是请广大读者在黄英《晓河莺歌》的散文中自在畅饮吧！

田诗范[1]

2017.12.12

---

[1] 重庆作家，诗人，资深文艺评论家。

目　录

第一辑　生活随笔

其实，人只要活着就会失去，而一旦失去了就不会再来，你追求的最终也会失去……人生，就是一场得到与失去的旅行。

我的母亲

　　细雨飘落，打湿了苍天，迷失了山城。抬眼望去，天幕上，挂满了淅淅沥沥的泪滴……

　　我的母亲因患血癌，引发多种疾病并最终导致心衰，于2015年12月28日23点12分，极其艰难地走完了她伟大、传奇而又普通、平凡的人生旅程，享年八十五岁。

　　母亲原名陈素贞，"文革"时改名为陈红曲，系重庆渝中人氏。1931年1月12日出生在重庆一户民间手工艺人家，20世纪三四十年代居住在渝中区米花街天源堂旁边的一幢板壁房里，在家中排行老四，长兄及二哥均夭折于幼年，大姐前几年去世。据母亲讲：外婆在她一岁时也去世了，外公独自带着两个女儿艰难地生活着。外公手巧，多才多艺，当年的他是重庆非常有名的民间手工艺人，擅长篆刻、木雕、扎龙灯，还拜师学做川菜，特别是对炖汤工艺颇有研究。外公的雕刻以装饰性平面浮雕为主，擅长雕刻窗花、牛腿、花床、箱柜等家具用品，平时还给人篆刻私章等。但外公的这些手艺都终结于20世纪40年代日本对重庆实施的大轰炸，直至外公去世，都依然惋惜他一手绝活没有男娃来继承。

　　母亲的两个兄长都死于幼年，母亲比大姨小六岁，聪明伶俐，于是，外公决定让母亲去读书。读书改变了母亲的命运，也让母亲走上了一条崭新的道路。在母亲十四岁那年，学校来了一位穿旗袍的漂亮教师樊汝琴，她不俗的打扮、前卫的谈吐以及头脑中的新思想，一下子吸引了母亲那颗萌动的心。母亲在樊老师的启蒙下接受了许多进步思想和革命道理，渐渐地成为樊老师的助手和交通员。母亲前些年对我说，那时她还不明白什么是革命，什么是地下工作，也不知干地下工作究竟有多危险，仅凭着对樊老师的信任，不知不觉地走上了一条隐蔽而危险的地下革命工作之路。那时，十四岁的母亲个子矮小，樊老师索性就将母亲的岁数少报了两岁，这样以小孩的身份出现，不易被人警觉。

　　有一次，樊老师将一张写有情报的纸条绑在母亲的辫子里面，然后让母亲扮成卖香烟的小贩，将纸条送到教场口的一家茶馆里，当母亲赶到后，发现店里面进出的伙计都是生面孔，机智的母亲没有贸然进去，于是拿出一包香烟让另外一个卖香烟的小伙伴送进去，紧接着那个小孩就被两个穿灰衣服的壮年人抓着衣领推了出来，母亲估计是让他出来指认自己，见势不妙，母亲拔腿就跑，并在跑了一段距离后假装摔倒，然后将辫子里面的纸条抹下来悄悄丢进了流水的阴沟里。

　　1948年，樊老师推荐母亲读董必武在重庆创办的民建中学，民建中学当时对外宣称是一家慈善学校，实际上却是党团结群众的外围组织，只要是经过学校里面的教师推荐而考取了该学校的学生，如果家里困难，可以免学杂费，一学期只交三斗米的口粮即可。当时重庆很多次反饥饿、反内战的示威游行都是由民建中学的地下党组织策划的。随后母亲又在民建中学认识了重庆女青年会的许多仁人志士，并在重庆组建的市委幼儿园担任保育员。但在1949年寒假之后，母亲突然和樊老师失去了联系。

母亲经过多方打听，始终没有得知樊老师的下落，为了自身的安全起见，母亲只好步入由外公和大姨一手包办的婚姻，嫁给了一个姓农的裁缝，做起了别人家的童养媳，受尽了公婆的虐待，每天煮一大家人的饭，洗一大家人的衣，还要缝扣子、锁扣眼、做盘扣到夜半三更，稍不如意，就要被丈夫打、被公婆骂。她那一段地下工作经历也不敢在旁人面前提起，直到1951年，在她的好同学周邦玉的介绍下，只身前往二九六兵工厂（建设工业集团别称），参加中华人民共和国成立后第一次向市民公开的招考，母亲以考分第一的优异成绩被录取，成为一名军工战士。

中华人民共和国成立初期的二九六兵工厂是全国乃至亚洲最大的一家大型枪械军工生产企业，它在全世界都非常有名，最早从汉阳迁至重庆。"二九六"是部队生产枪支的一个番号，解放军一个连的兵力24小时全副武装持枪站岗，生产枪械的工人在那时被称为军工战士。从此，母亲昂首挺胸地走进了工厂，经济独立后的母亲带着只有半岁的大姐，从她那不幸的包办婚姻中走了出来。

之后的很多年，樊老师也一直没有消息。但世间的事情就是这样，有时"踏破铁鞋无觅处，得来全不费功夫"。1966年年初，母亲因公到重庆市档案馆办事，在大厅看见一个非常熟悉的身影，是樊老师，母亲一眼就认了出来。多年后的重逢让她们百感交集，母亲终于弄清了老师当年不辞而别的缘由。1948年春天，樊老师在合川搞工运的丈夫因被叛徒出卖被捕，地下党的同志冒着生命危险将这一情况传给了她，她连夜带着不满一周岁的女儿逃往他乡。原来樊老师真名叫樊祝萍，毕业于重庆大学，20世纪40年代和江志炜（后改名为江竹筠）同在重庆负责学生运动，那时的地下党都是单线联系，她们虽然认识，但不在一条线上，也从没有进行过任何联系。樊老师为了躲避敌人的追捕改名为樊汝琴，先后以教师的身份在重庆民建中学、重庆女青年会教书。后来樊老师恢复了真名，任重庆市档案馆第一任馆长。

依稀记得，我十四岁那年的清明节，母亲带我到重庆歌乐山去给樊老师的丈夫黄绍辉扫墓。在回来的路上，母亲给我讲了一段她和樊老师重逢后，相互倾诉的一段往事：大约在1949年春天，重庆地下党组织了一批进步学生去解放区工作，母亲就是其中之一。母亲满心欢喜地回家准备行装，那时的母亲言行新潮，常常早出晚归，加上以前重庆社会秩序混乱，母亲的行踪引起胆小本分的外公和当时已经出嫁的大姨的不安，于是，他们决定中断母亲的学业，并托人说媒让母亲尽快嫁人。母亲断然拒绝，外公用一把大锁将母亲锁于厢房。一周后，在一个漆黑的夜晚，母亲从厢房里逃了出来，一打听才知道樊老师在几天前就搬家了。当她们再次重逢后，据樊老师讲，由于母亲未在规定时间到达指定地点，怕母亲这边情况有变，在送走四名学生后，得知丈夫被捕的风声，她连夜带着不满一周岁的女儿迅速逃亡。

那次扫墓回来，母亲让我写心得体会，我在一本新买来的笔记本的扉页上这样写道："革命先烈用鲜血和生命换来的幸福生活，我们一定要珍惜，一定要接好革命的班。"这句话还真有几分灵验，我虽然没有本事接革命事业的班，但母亲的班我倒是真的接过来了。

1978年，十六岁的我高中毕业，参加了全国恢复高考后的第二次全国统考，取得了全校文科第十一名的名次，最终还是以六分之差名落孙山。带着遗憾我忐忑不安地接了母亲的班，顶替她进入了重庆建设工业集团，成了一名自食其力的劳动者。

当组织上为落实母亲提交的那一段在隐蔽战线上的工作经历，再次联系上樊老师时，已经是1982年了。那时的樊老师年岁已高，加之之前受到的迫害，处于神志不清的状态，已经无法再为母亲写证明材料了。关于母亲离休和退休的待遇问题，我和母亲进行过一次长谈，我问母亲没有得到应有的待遇觉得冤不冤枉，但母亲平静地对我说："我阴差阳错地活在这个世界上，如果当年你外公和大姨不中断我的学业，不把我锁在厢房里面，也许我就在烈火中永生了。"

母亲去世后，在整理母亲遗物时，我在母亲的笔记本中看到了这样一句话："生死离别俗间事，跟随先生亦欣然！"真可谓是字字含情，母亲终生坚定的信仰和坦然的心境令我敬佩，每当回忆起这段往事，我总是感慨于母亲的热血与勇敢。

从小，父母忙于工作，就将我和哥哥寄宿在位于大坪九坑子的姨妈家。现在的大坪九坑子高楼林立，车水马龙，但四十多年前的九坑子除了水厂的九幢家属区外，四周全是荒田，那里露天摆放着许多铸铁水管和下水道管，是我们一大群孩子的游乐场，春摘迎春花，夏捉大蚂蚱，秋采野果，冬则躲在直径约一米的铸铁管子里面烤各自从家里偷出来的红薯、洋芋、馒头等。礼拜天是我们兄妹俩最快乐的日子，在那物资匮乏的年代，父母平时积攒一些肉票和糕点票换成礼品后，带着大姐来看我们，也只有在礼拜天，我父母来了，一大家子才能见到为数不多的油荤。

记得有一次，父亲买了一条十多斤重的鲤鱼装在一个大篮子里，用一根大红甘蔗和姐姐抬着，母亲则手提一筐橘子，微笑着跟在后面，我和哥哥欢天喜地地迎上去。吃饭时，两家人围在一张老式的方桌旁，老人和孩子坐着，其他人就站着，两家就这样围在一起，好不热闹。最后，那条鱼的脊柱还被祖父做成了一支一尺多长的烟斗。我们经常吃的是甑子泡饭、老梭标盐菜煮胡豆瓣汤，只有满口无牙、辈分最高的祖父，才能享受吃豆腐乳的待遇。

祖父以前是水厂的技术骨干，国民党撤退时为了收买人心，给了为数不多的人每人两根金条，他就是其中之一。虽然祖父在1949年就退休了，但时常被请回厂里做技术指导，因此，他在家里享有"特权"。每每吃饭时，我总是瞅准时机给祖父端饭、递筷子，祖父见我乖巧伶俐，就会赏半块豆腐乳给我，我惦记着哥哥，总会分一些给他。

在学校唱的第一首歌是《我爱北京天安门》。现在回想起来，我们这一代人文化底子很差，因为我们根本就没有读多少书、上多少课，没有经受过多少正规的基础教育。

轰轰烈烈的上山下乡运动开始后，十七岁的大姐哭着准备行装。临行前，母亲将一个跟随她多年的皮箱送给了姐姐并鼓励她要扎根农村。1973年的一个暑假，母亲将只有十三岁大的哥哥送到姐姐插队的地方去，一来是带着药品去看望生病的姐姐，二来是让他提前感受一下知青生活，以免将来下乡时无所适从，没想到哥哥竟在那里溺水身亡。那些年，我们这个家乌云密布，艰辛难行，好在父亲用他海洋般的胸怀撑住了我们这个多灾多难的家。

哥哥是我们家的希望和寄托，他的不幸离世使母亲一病不起，从那时开始，母亲就身患多种疾病。我时常看见母亲躺在病床上，手里拿着哥哥遗留不多的作业本，一篇一篇地翻，泪水长流。每每这时，父亲总是强忍泪水，默默地将哥哥的遗物收起来，尽量不要让母亲看见。那时，姐姐远在他乡，家里的家务重担自然就落在了十一岁的我身上，自尊心极强的我努力表现，只为博得母亲的称赞，但不管我怎样努力，总是达不到母亲的要求。母亲对我严厉到苛刻的程度，那时我小，不理解母亲，总以为母亲不喜欢我，一度耿耿于怀。到后来，她对我婚恋的干涉，终于引发了我骨子里遗传于她的反抗精神，从而埋下了不幸婚姻的种子，这么多年我和母亲最不愿意提及的就是这个话题。在母亲去世的前一天夜晚，医院偌大的房间里只有我们母女二人，母亲拉着我的手说："苦了你了，孩子。"我顿时泪流满面，这么多年来，我们母女之间的隔阂以及我对母亲的积怨，被母亲临终前的这句话融化了。

著名节目主持人孟非说过：对于婚姻，父母介入的程度越深，子女的幸福感就越低。其实，步入婚姻的过程就像是拿着一只鞋子去找寻另一只鞋子的过程，如果找到了，就是完美的一对；如果没有找到，随便捡一只套在脚上，就会感到别扭，自然就想扔掉它。有时候，选择一个人独处，并不是因为性格孤僻，而是一种习惯。一个女人如果能做到经济独立，思想独立，独处也挺好。当自己沉静下来，不妨听听心底的声音，确定一下，自己想要的究竟是什么。蓦然回首，你才会发现，那些曾经的过往，曾经的刻骨铭心，会随着时间的流逝而慢慢归于平淡，即使偶然想起来，心会隐隐生痛，但不再是心底一道过不去的坎。

母亲到了晚年，体弱多病，长年汤药不断。尽管这样，母亲仍然反应敏捷、思维活跃，而且眼疾手快。逢年过节总是喜欢让全家人陪着她玩麻将，每次她都要"血战到底"，该她碰的牌她绝不会让你摸，该她和的牌绝不含糊。不常玩牌的我还真不是母亲的对手，那十三张牌我总是拿捏不准，常被母亲戏称为"老棉裤"，被催促着出牌。玩麻将我是外行，这么多年下来，水平始终处于初级阶段，但只要母亲高兴，我就陪她玩。

母亲怕热，一到夏天，总是会因为开空调而感冒。前几年，我背着母亲在四面山上买下一套避暑房，为此，母亲很有意见，她批评我不会勤俭持家，不懂艰苦朴素。其实，钱挣来就是用来花的，适当的消费和投资有益无害，但这些道理和母亲是讲不清楚的，于是，我们只好连说带笑、连哄带骗地把母亲请上山。久而久之，山上幽静的环境和清新的空气渐渐平息了母亲心中的不悦。

在母亲的身上，终年怀揣一副眼镜，其中一只眼镜腿不知从什么时候起已经被折断，母亲就用一根麻线拴住，用时挂在耳朵上，姐姐看见后就给她买了一副防疲劳的高级眼镜，母亲试戴了一下，我们都感觉挺漂亮的，但母亲笑了笑就收了起来。我明白母亲的心，那副折翼的眼镜是父亲留下来的，上面有父亲一息尚存时的体温，有母亲对父亲终生的情和爱。

母亲不幸病逝，对我们姐妹俩的打击很大。虽然我们事先有一定的心理准备，但当这一天真的来临，我还是像一只断了线的风筝，多日来无助、彷徨、颓废地飘零着。对于母亲的病故，总有一种内疚、自责、不安的情愫折磨着我。母亲在世的最后半年，生存得极其艰难与痛苦，她被病痛折磨得生不如死，早有离世的想法，只是作为子女的我们一直不肯放手，一厢情愿地挽留母亲于这个世界上，我甚至为此放弃了工作，不惜将大笔大笔的钱砸在医院，全职护理母亲直到她生命的最后一刻，我还在心里暗暗地想，再有三天这一年就过去了，新的一年又开始了。我不知道这是孝，还是不孝，我的做法是否是母亲真实地意愿，这是否是一种自私的伪孝……这个问题一直困扰着我，一度让我寝食难安，几近崩溃。多亏家人、朋友们的一路陪伴，特别是儿子，整整一周都陪着我、缠着我、黏着我，我明白儿子的用意，让我感到欣慰的是，儿子真的长大了。

岁月如歌，高高低低、起起伏伏，组成了生命的乐章。提笔落墨与往事相拥，用笔端独品灵魂深处的温馨与苦涩，回眸间你会发现：在人生的平仄中，唯有亲情才是最值得收藏的。生命之厚重，唯有天伦之乐才是人间最完美的享受。即便有一天发丝如雪，回忆中依然会写满对父母的怀念，对家的爱恋……

父爱如山

父亲在耄耋之年驾鹤西去，迄今已是第六个年头了。六年来，父亲的音容笑貌清晰而温暖地定格在我的脑海里，那份厚重、慈爱、割舍不掉的亲情，已经深深地铭刻在我的心中，如影随形，不曾忘记。

很早就想写一段关于父亲的文字，但未及成字，泪已潸然。至今我都不具备诠释父爱的能力，也一直不愿理出头绪来，因为父亲是我的，我一直都不肯拿出来和人分享，我想自私地保留一段仅属于我的珍贵记忆。

一

1928年农历六月初十，父亲出生在德阳城区北街一个叫徐家巷的巷子里。20世纪三四十年代，祖父在北街一个大茶馆门口靠卖菜、卖水果维生。由于家庭贫穷，祖父35岁那年才娶了我祖母，才有了一个安定的家。祖母共生养了七个儿女，前面三个均早亡，按当地民间的说法，家里如果出现这种情况，就得改子女对父母的称谓，这样家里的孩子才好哺养。于是，父亲他们兄妹几出世后就称祖父、祖母为幺爸、幺婶。在后四个孩子中，父亲排行老二，头上有一个大姐，脚下还有一妹一弟。

父亲他们那一辈是"国"字辈，1928年是"龙年"，于是祖父给父亲取名为"国龙"，"龙"为百鳞之首，象征强大、祥瑞。祖父是一个有血性、有抱负、有远见之人，他不甘于贫穷，盼望他的儿女能出人头地，成龙成凤，成为国家的栋梁。就这样，祖父省吃俭用，让父亲进学堂，读私塾。父亲明白祖父的苦心，因此他读书格外努力，也非常珍惜读书的机会。从父亲留世不多的文字中，至今还能欣赏到他笔下漂亮的小楷。父亲没读几年书，祖父因积劳成疾，于1943年病逝于家中，从此，一家人的生活就靠祖母给人洗衣服来换碗口粮。一个没出过门的小脚女人要养活四个孩子，要挑起一家人的生活重担，可以说是举步维艰。为了减轻家里的负担，十六岁的大姐嫁到东山农村，十五岁的父亲去西街纸裱铺当学徒。

父亲所帮的那家店老板对下人很尖酸、苛刻，天不亮就让他们起床打扫店堂，有时候会故意丢下几枚铜板试试他们这些小徒工对金钱的态度。父亲每次打扫店堂，总是默默地将它们捡起来，然后放到老板的桌子上。父亲回忆时说："做人就算再穷，也要穷得有骨气，饿死不走歪门邪道。"学徒三年，父亲初尝生活的艰辛并恪守做人的原则，学徒期满后他又到丝烟铺当了店员。

二

重庆是一座重工业城市，中华人民共和国成立初期，急需建设人才，工厂就来父亲的老家招收学徒工，父亲和他的师兄弟们去报考，能识文断字的父亲被录取了。这批学员经过培训后，分往各大军工厂，他的师兄黄大江和师弟朱儒政被分到了四五一兵工厂，父亲则和他的另一个师弟肖天京来到了二九六兵工厂，也就是如今的建设工业集团。

父亲进厂后，从事的第一份工作是"抛光"。就是将钢件按工艺技术要求抛光到一定精度等级，从事过机械工作的人都知道，这项工作非常辛苦，加上那时的防护措施不好，一个工作日下来，除了两只眼睛，整张脸都布满了铁锈和沙尘。同来的很多工人都忍受不了这份"罪"，情愿回乡务农，但父亲坚持下来了，一干就是五年，因为这份工作每天有三分钱的保健费，这样他可以每月多寄九毛钱给家里，那可是十斤米的价钱，够老家的母亲和弟妹吃十天的口粮了。多少年后，父亲回忆起这段经历时说："我用自己的辛勤劳动让家人不再受饿，值！"

父亲工作态度认真踏实，加上能写一手漂亮的文字，这在当时是不多见的。1958年，父亲被提为文书，很快又被提为工段长，随后与母亲结成伉俪。据母亲讲：他们结婚刚三天，父亲就将被子搬到工厂，为了拿下既定目标，夜以继日地蹲在锅炉旁，饿了啃一个干馒头，渴了喝一杯白开水，有时一周都难得回一次家。但有一天，母亲下班回来看见父亲躺在床上，动弹不得，原来，父亲在工厂抬铸铁件时扭伤了腰，被工人们送到医院紧急处理后抬了回来，可没过几天，刚能下床摸着床头走路的父亲又一头扎进了工厂，以至于腰落下了伤疾，一到阴雨天，父亲就腰痛，工厂至今都有父亲工伤的记载。

父亲的人缘很好，家里常常高朋满座。这些朋友中多半都是父亲的工友，有的是来反映家里实际生活困难的，有的是来提合理化建议的，有的是父亲的师兄弟们来串门的，有的则是来送礼的……那时我们六口之家挤住在不到四十平方米的小房子里，家里的来访者一轮接一轮，经常是一拨人未走，另一拨人又到。为了不影响我们学习，母亲经常叫我们姐妹几个到邻居家去做作业。在父母眼里，来者皆是客，都要以礼相待。能解决的困难父亲总是尽力而为，对送来的礼物，父亲一概拒收。记得有一次，家里还接待了一位特殊而难缠的送礼者。20世纪70年代，工厂来了批转业军人，大多家属是农村的，其中有一位"老转"因孩子残疾，妻子又长年卧病在床，想申请"特困"，把远在资中乡下的妻儿接到身边来。在计划经济年代，要想把一家农村户口迁到城里来，可不是一件容易的事情，首先面临"农转非"问题。对这份特殊的礼，父亲决定先暂时收下，随后派工会主席到乡下做实际调查，并将此礼给他的家人送去，然后向上级机关反映他家的实际情况，最后当户口、住房都逐一落实时，那位"老转"感动得热泪盈眶。

在我的印象中父亲很睿智、聪明，可母亲总是说他"傻"。有一次涨工资，父亲榜上有名，满心欢喜的母亲筹划着用这笔钱给老人和孩子添置冬衣，可最终父亲却没有把钱拿回来，让母亲的希望落了空，为这事父亲被母亲好一顿埋怨。原来，父亲把涨工资的名额让给了他的大师兄，父亲说，师兄全家老小八口人，每月都等着他的工资买米下锅，他为人又老实，要再不涨点工资，他们家就真的揭不开锅了。父亲的这份心意，最终让我们两家成了金石之交。

三

父亲是个孝顺之人，他深知祖母在老家抚养弟妹不易，于是父亲在转正出师后，就托朋友将德阳老家的母亲接往重庆一同生活。临行前，徐家巷围满了前来送行的街坊邻居，他们一面恭贺老人家的出头之喜，一面对父亲的孝敬之心赞不绝口。一年后，父亲最小的兄弟，也就是我的幺爸也从老家只身来到重庆投靠父亲。那时，父亲住在单身宿舍里，祖母来重庆后厂里面一时没有分配住房，就暂时挤住在父亲曾经帮助过的那个大师兄家里。幺爸来了后，父亲索性就在袁家岗租了一间农民的房子，将母亲和弟弟安顿下来。

据父亲讲，幺爸从小顽皮捣蛋，由于祖父去世得早，因此，父亲对这个小他十二周岁的幺兄弟严威有加。幺爸来重庆之后，父亲与他"约法三章"，第一条就是让他去读书。但幺爸没有听从父亲的安排，而是跑到中梁山一家轮胎厂就职，很多年后，父亲提起这件事情还是耿耿于怀。我猜想幺爸也许是为了摆脱父亲的严厉吧！其实，父亲打心底喜欢他这个能吃苦又敢闯敢干的幺兄弟。

世间的事情就是这样，有时候"有心栽花花不红，无心插柳柳成荫"。那些年，幺爸在重庆中梁山轮胎厂干得风生水起，收入一度比父亲高很多，养育了一对儿女，生活挺幸福的，只是前些年幺婶病故，幺爸也在一次事故中受了重伤，至今行走不便。

父亲在老家还有一个做裁缝的妹妹，也就是我的小姑，我们习惯叫她"嬢嬢"。嬢嬢生养了五个孩子，早些年他们一家人生活得很苦，父亲总是千方百计地接济他们，逢年过节总是要给他们家寄些钱和粮票，现在，嬢嬢一家的孩子们都挺有出息的，早已过上殷实的小康生活，他们对嬢嬢很孝顺，嬢嬢的晚年生活也很幸福，每晚都要小酌几杯。嬢嬢和父亲的关系很好，父亲病重时，嬢嬢特地从老家赶到重庆看望父亲，幺爸也来了，我从嬢嬢泪水涟涟的眼神中，从幺爸哽咽的话语中，看到了他们兄弟姊妹间的手足情深。

父亲还有一个结拜的兄弟黄怀彬，我们叫他二叔。1953年，父亲只身从老家来到重庆打拼后，一家老小就拜托给了他，二叔默默为父亲分担了许多后顾之忧，才使得父亲能安下心来投入工作。二叔后来参军，转业后全家又为支援三线建设去了贵州，退休后客居成都。几十年来，他们亲如兄弟，书信往来从未间断过。1990年，二叔的儿子来西南大学读书，父亲像对待自己的亲儿子一样对待他。爱屋及乌，我对这个弟弟自然也亲近了许多。父亲生病后，他让我对众亲朋隐瞒实情，但父亲病危后想见二叔最后一面，不得已，我只好将父亲的情况告诉了从西南大学毕业后留校任教的晓灵弟弟，当晚他就赶来了，随后二叔、二婶也从成都赶来，父亲和二叔见了最后一面，我感觉父亲的心宽慰了许多。

四

父亲是我最敬重的人，也是这个世界上最懂我的人，他就像是一本百科全书，我在他的身上总能找到难解的答案。父亲的话语不多，但经常一语中的，睿智中透着几分深刻。

那些年，父亲总把我像男孩子一样养，所以，我的性情中有些男人的豪爽。我担煤、劈柴、生火，样样都会。在我还没有灶台高的时候，就搭着凳子跟祖母学会了煮饭，到了十五六岁时，我一人能操办两桌家宴。记得20世纪70年代中期，我和父亲去担煤球，一担煤球一百多斤，我和父亲"邀鸭子"式地抬着走。所谓"邀鸭子"，就是将一筐煤球抬到一定距离后，再返回去抬另一筐，如此反复地将两筐煤球抬回家。我担心父亲受过伤的腰，总是逞能地将绳子抹在靠近我的这一边，父亲看在眼里，不动声色地让我走前面，然后再将绳子悄悄地抹在他那边，好让我抬起来轻松些。同时，父亲要求我说话知轻重，办事懂缓急，干活明要领。从小，父亲就不让祖母和母亲替我洗衣叠被，要求我自己的事情自己做，衣服裤子要洗得干干净净，摆放得整整齐齐，被子要叠得有棱有角。长此以往，我也就具备了女孩子的文静和细腻。

我遇上棘手的事情总是向父亲请教，在母亲那里说不通的理，走不通的路，在父亲这里总能得到解决。记得20世纪90年代，厂里一度效益不好，我时常为儿子的奶粉钱和教育经费发愁，日子过得捉襟见肘，一度想辞职，下海经商。这一想法遭到母亲的强烈反对，在母亲看来，稳定的工作比什么都重要。为此，父亲帮我分析利弊，权衡得失，最后我听从了父亲的建议，没有盲目辞职经商，而是进入了我厂当时正在筹建的合资企业。在家里，父亲为了帮衬我的生活，将家里的财政大权交给我，让我学会当家理财。父亲常说："吃不穷、穿不穷，不会计划一世穷。"我寻思着将此"计划"变成彼"计划"，研究起了投资管理学，用经商的思维方式投资理财，最终使自己不再"囊中羞涩"。

五

父亲是个慈祥、忠厚、豁达的老人。在我的印象中父亲从来没有埋怨过什么，总是那么乐观、知足和快乐。

1985年，父亲退居二线，并在三年后退休。我以为父亲会过那种看看报，养养花，一杯清茶过到老的悠闲生活。然而，忽然闲暇下来的父亲很不习惯，于是又发挥"余热"去了。1990年，儿子出生后，爱孙心切的父亲才同意和母亲一起带孙子，这一带，父亲就把家里所有的重担都担在了自己的肩上。

儿子刚生下来时满脸皱褶，像个小老头，但长着长着，褶子就长开了，出落得像个白面书生，但不是块读书的料。好在他情商高于智商，现在在一家金融单位工作，颇受领导的重视，收入也和他的努力成正比，为人处事显现出和他年龄不相称的机灵和沉稳。儿子也是一个有血性的男儿，这一点继承了他祖辈的秉性，也着实令我欣慰。

儿子的降生给家里带来了无限的欢乐，父亲每天都把他的孙子抱在怀里。母亲说，我们几姊妹小的时候，父亲由于工作繁忙，没时间抚养我们，几乎没怎么抱过我们。父亲老后，仿佛要把他对我们成长的亏欠都加倍地补偿在他唯一的孙子身上。记得儿子一岁左右刚学走路时，父亲每天弯着腰，架着儿子的胳膊教他走路，有一次弯腰架着儿子下楼，走着走着，父亲的血压突然升高，眼前一黑，身体一时失去重心往下倾压下去，在这千钧一发之际，父亲紧紧托着儿子，自己的头却撞在楼栏水泥花墙上，血流如注。水泥花墙被拦腰撞断，父亲的鼻尖都被割了下来，好在众邻相助，父亲很快被送到医院，那被割掉的鼻尖，也在最短的时间内得以缝合。事后，邻居看了一下现场说："好险，这孩子命好大！"这场事故虽然惊心动魄，但最终被父亲用生命化险为夷。

父亲很节俭，从不浪费一粒粮食，有时饭里面有几粒谷子，他就用手将谷子掰开，将饭吃在嘴里。记得儿子小时候，吃饭时总是掉饭粒，父亲看在眼里，没有训斥，而是诙谐地对儿子说："现在满桌掉饭粒子，将来娶个媳妇一定是麻子。"儿子嚷道："麻子媳妇我不要。"父亲又道："那你就把碗里面的饭刨干净，把桌面上的饭也捡起来吃了。"儿子还真是听进去了，不仅将碗里面的饭吃得一粒不剩，就连嘴巴边上的饭粒也抹进嘴里。直到今天儿子还笑着对我说："老妈，我的女朋友不是麻子吧？"让人忍俊不禁。

在儿子十八周岁生日那天，父亲带着我们全家给儿子举办了成人礼，儿子在我床头柜上的台历上这样写道："妈，儿子长大了！"看得我热泪盈眶，其中的辛苦和艰难，只有我自己知晓。如果没有我父母的鼎力相助，没有父亲的谆谆教诲，就没有我和儿子的今天。

六

那些年是父亲默默地承担着我们这个家的重担，我们的日子在父亲的呵护和操持下，过得温馨而美满。

天有不测风云，大约在21世纪初，有一阵子我们感觉父亲精神状态有些不对劲，一问才知道父亲尿血，姐姐赶紧把他送到医院，一检查竟是肾癌，这个消息犹如晴天霹雳，吓得我半天回不过神来。于是，我一面联系重庆最好的泌尿外科医生给父亲做肾切除手术，一面对父母隐瞒了病情。其实，我们哪里隐瞒得了？倒是父亲对我们隐瞒了他的痛苦，为了让多病的母亲减少担忧，父亲始终面带微笑，安慰着家里的每一个人。他从容不迫的微笑，仿佛在告诉我们：他永远是家里的顶梁柱。

父亲术后的十年，正是我最艰难的十年。那时我忙得晕头转向，儿子年幼不懂事，母亲又体弱多病，是父亲用仅有一只肾的病体，为我们支撑起了这个家。只要有父亲在，无论多苦、多累，我都有所期盼。在我人生的十字路口上，有父亲这盏灯为我指引方向，指点迷津，让我闯过了多少人生的沟沟坎坎，直到今天，有什么心事需要排解时，我还是习惯于静坐在父亲的遗像前，心中默默地和父亲交流，有时，答案就在父亲的微笑中浮现。

六年前，当父亲的病情再次恶化，我的心境出现了从未有过的悲凉，看父亲靠血液透析维持着生命，我心如刀绞。在父亲离开的那个夏天，已经读大学的儿子假期回家总是陪伴着他心爱的祖父，姐姐也在短短的几个月中消瘦了十多斤。我始终不会忘记，在父亲弥留之际，我紧紧地抓住他的双手，用期盼的目光望着父亲，我不明白父亲为何始终不肯交代后事，那时的我，多么希望父亲能再叮咛我几句，但我翻遍了整个家，也没有找到父亲留下的只言片语。这些年离别的悲痛和生活的艰难，让我明白，当年的父亲是想为我们这个家再多撑些日子，因为他担心母亲的身体，担心我繁忙的工作，担心正处于青春期的孙子，担心我们这个家的未来……

从那一刻起，我就决心用瘦弱的双肩接过父亲肩头的重担，照顾好家里的每一个人，是我义不容辞的责任。我知道我的生命不再只属于我自己，我已经背负起了父亲的希望，我要用我的生命去维护、捍卫我们这个家，去完成父亲为我们这个家规划的蓝图。好在父亲最疼爱并一手带大的孙子还算听话，他也懂得"爱拼才会赢"的道理，懂得为这个家的崛起，为自己的事业而奋斗，并且初见成效。这应该是父亲长期潜移默化、熏陶教育的结果。

回忆是痛苦的，但同时也是温暖的。父亲离开我们快七年了，我仿佛觉得父亲还在，总感觉他只是出了一趟远门，随时都还会回家来，在文字中，我和父亲仍然会促膝谈心，他一直驻足在我的心里，从未走远。

山城之雾

　　雾都，是重庆的别称。重庆是中国乃至世界上雾期最长的地区之一，可以说，雾是重庆起伏的脉搏，雾是重庆跳动的心脏。春秋两季的雾就像兄妹俩，一个浪漫飘逸，一个气盖山河。二者亦真亦幻，将山城带入梦幻般的缥缈世界……

　　春天的重庆，温馨而浪漫。清晨，薄雾初起，那便是山城最温情的时刻。淡淡的雾霭像纱巾，舒缓而飘逸地弥散在空中，时而丝丝扩散，时而片片聚集；时而铺天盖地，时而又消弭无踪。走进这片雾，好似走进了童话般的世界，又好似走进了天宫瑶池，一切是那样静谧、温馨而又神秘，正如宋代秦观《踏莎行·郴州旅舍》所形容的："雾失楼台，月迷津渡，桃源望断无寻处。"也似宋代葛长庚《晓行遇雾》所言："晓雾忽无还忽有，春山如近复如遥。"

　　秋雾冷清、凝重，颇有几分男人的霸气。重重迷雾如同一张张狂而霸道的脸，发怒时，它能让江河无颜，航船搁浅。面对此景，人们只能望洋兴叹，别无他法。湿润的浓雾有时竟如汹涌的波涛一般滚滚而来、江河、山谷、田野、人群……但大雾之后往往大晴，浓雾退去就是艳阳天。正是这千变万化、动静相生的雾将山城打扮得更加绮丽多姿，如果没有这些或凝重、或飘逸、或优雅、或凌厉的雾，在重庆，你会顿感山河失色，了无生趣。

有人说，云雾笼罩的山城犹如海市蜃楼，这奇特的自然景观既让人惊喜赞叹，又使人不禁浮想联翩。是的，我愿意驻足于这虚幻缥缈，仿若世外桃源般的世界，在那云雾缭绕的清晨，独坐在山城的某个露天茶楼里，叫上一杯盖碗的老茶，悠然等待着，当一股滚水从一把大铜壶的长嘴里，隔着桌面像抛物线似的飞入碗里，腾起的热气顷刻间和淡淡的薄雾汇合，当淡淡的茶香在空气中弥漫时，我觉得人生也像这碗中的茶叶一样缓缓地展开，慢慢地沉浮。再看看山城人喝茶的姿势：端起碗喝，放下碗聊。这一拿一放，将人世间多少高难的几何方程都一一破解了。闲坐茶楼，环顾四周，看风景被浓雾掩映，或隐或现，变幻莫测，就像一幅幅别具风韵的山水画跃入眼帘，总能给人带来无限惊喜。不经意间，露水打湿了树枝，树枝上晶莹剔透的水珠会顺势掉下来溅湿路人的头发，偶有两三滴触及肌肤，"啪"地碎裂开来，碎成无数细小的水星，与人相亲。呼吸中到处弥漫着鲜润的水滴气息，整个世界如水珠般晶莹、澄明，令人尽享这自然的馈赠。

这就是我记忆中的故乡——重庆。

山城之夜

　　我去过许多城市，其中不少城市的夜景相当迷人，北京、西安等古都能让你从那些古朴的灯饰中感受到古城文化的厚重；上海外滩的异国情调和浦东新区的现代气息能让你感受到一个现代化大都市的生机和活力；乌镇、周庄这样的江南小镇，在夜的璀璨与宁静中，能让你享受到一种融于小桥流水的清幽和惬意。

　　而我的家乡——山城，它以雄阔的山脉为载体，用长江的浊浪和嘉陵江的清波滋养起一座将悠久的传统文化和现代文明相融合的城市。这座城远看是一座山，走近却是一座城，城在山中，山在城中，它三面临江，一面靠山，由于地势的蜿蜒起伏，不得不向大山讨要空间。在层层叠叠的山崖上筑起了城，在山的缝隙中弯弯曲曲地修起了路，在"凌空飞绝壁"的悬崖上建起了房，这就是山城的建筑特色。

　　这座城除了坡就是坎，如果你从朝天门码头步行前往解放碑，爬完了下半城，还得爬上半城，为了减轻人们的爬坡之苦，于是出现了缆车。随着经济的发展，拔地而起的高楼越建越高，横跨两江的大桥越建越多，"上天入地"的轻轨纵横交错，这座城市就成了多元、立体、动感的山城，山城夜景也就更加多姿多彩。

    我曾站在鹅岭的山城之巅，用上帝的视角俯瞰过这片土地，当夜色降临，万家灯火错落有致，远近互衬，如光的海洋；我也曾在初夜时分，站在渝中郊外的南山"一棵树"观景台上，用平民的视角眺望过山城的夜景，在灯火阑珊中，我试图寻找自己的家，在夜幕下享受过夜的璀璨与温馨；我还以一个步行者的身份穿梭于南北滨江路上，眼前是亮如白昼的干道和桥梁灯饰，它们像是一条条蜿蜒凌空的火龙临江而峙，身后以万家灯火为背景，其间还有车辆舟船，不停地穿梭于茫茫灯海之中，依稀飘来的汽笛声和歌声也给夜里山城平添了无限的动感与生机……

    两江环抱着的山城在夜晚总是迷人的，可谓是"灯火万家城四畔，星河一道水中央"。两江游的最精彩处是洪崖洞那一段，它被称为现实版的"千与千寻"，白天看上去依山耸势，飞檐展翼，夜幕下却是一个金碧辉煌的水晶世界，此时的夜色是立体的、流动的，它如梦如幻，如诗如歌，会彻底颠覆你对这个世界的认知。我时常怀疑这片璀璨光景的真实性，它给人的感觉既真实又虚幻，或许，这种虚与实，真与假的梦幻世界，正是山城夜色最独特的魅力。

感受朝天门

一座城市的发展往往是从码头开始的。

从湖广会馆出来,穿过东水门,往朝天门方向沿着石梯下行,眼前是极富山城特色的吊脚楼,极目远眺,长江之水雄浑浩荡,从遥远的唐古拉山呼啸而来。

重庆这座城市是水生的,长江之水在朝天门同早已等候在此的嘉陵江之水相逢,如久别的恋人,蓦地紧紧相拥,热烈相吻,渝中区便由此诞生。随后衍生出众多的姊妹城区,如长江之南的南岸区、巴南区;嘉陵江之北的江北区、渝北区;再从北向南,依次衍生出北碚区、沙坪坝区、九龙坡区、大渡口区。这些城区经年累月,逐步成长,其发展势头已向渝中区靠齐了。如今,它们区区相通,城城相连,既各自为阵,又相互配合,其核心就是母城渝中区,那流经朝天门的两江之水诞生和哺育了重庆众多区县城市。

几经扩建的朝天门码头,呈扇形沿两江纵深排开,远观像一座大看台,逐级下沉的台阶直抵江心,它既是两江枢纽,也是重庆最大的水路客运码头。再看那两江之水,青色的嘉陵江和黄褐色的长江融汇成一幅流动的太极图,清则清,浊则浊,可谓泾渭分明,有些像重庆人的性格。近看朝天门码头又像是一座大舞台，千百年来各路人马纷纷在此登台亮相。在皇恩浩荡的天子时代，京都之门户叫"天安门"，重庆之门户叫"朝天门"，它自然有皇家之风范了，朝天而开的门，历代是官接圣旨之地，庶民及民船是不得靠近的，想当年朝天门是何等威严，何等神圣，城门上原书的"古渝雄关"四个大字，后经重庆城的几次大变迁，如今难寻踪迹。

曾经的朝天门一直是昂着高高的头，到了近代，当它脱下了"皇装"，从此江面樯帆林立，舟楫穿梭，江边码头密布，人行如蚁，成了丝绸、绢帛的出口港，也是"师夷长技以制夷"的窗口。抗战时期，重庆这座城市接纳了无数逃难而来的外乡人，他们多是从朝天门码头上岸的，这是朝天门码头一次自豪的历史，也是重庆这座城市被外地人所亲近的缘由。关于这段历史，美国《时代周刊》记者白修德如此写道："历史上的重庆，是一个风云际会之地，是一个具有夸张的地理意义的临时宿营地，像慕尼黑和凡尔赛一样。重庆是一个成千上万人分享过的插曲……"我想，如果没有朝天门码头的倾力相迎，重庆城的这段历史将会逊色不少。

朝天门码头既是历史的舞台，也是历史的看台。如今，它已成为重庆文化的一个符号，当朝天门广场耸立在码头之上时，朝天门已换上了时代的新装，其磅礴之势如一艘巨轮，它将带领重庆扬帆远航。

朔　夜

　　初秋，朔夜，行走在环山公路上，让人多少有些惶恐不安。平素，我总喜欢对着无垠的苍穹遐想，但在这伸手不见五指的月黑风高之夜，找不到一丝月圆为梦，月弯为诗的感觉。

　　抬头仰望夜空，只有少许的萤火虫在卖力地发出零星的光芒，眨眼的星星和往日亮晶晶的月亮都好似在"闭门思过"，漆黑的夜空除了蝉像怨妇一样的唠叨声和不远处农家的几声稀疏的犬吠，四周一片寂静。远处，黛绿色的田野早已笼罩在夜幕之中。

　　这样的夜晚，在蜿蜒逶迤的盘山公路上穿行，我只想加快脚步赶路，尽快回到宿地。路有些漫长，走着走着，总感觉这片原始丛林静得有些怕人，有些悲怆。随意用手电筒照了一下公路旁边的庄稼，晚熟的玉米慵懒倦怠地垂着头窝在地里，阵阵秋风掠过，几分凉意裹住了全身。

　　夜黑，路长，但我的大脑却异常活跃。人，有时候会掌控不住自己的意识，一种奇异的思维就会游荡出来。不知怎的，今夜突然想起了夏多布里昂的《墓中回忆录》，恍然间觉得自己的灵魂在激情与理智的二重世界间摇摆起来，在真实抑或虚伪间彷徨着，游荡着。一直喜欢夏多布里昂的辉煌文字，在我眼里他是在浪漫主义激情中唯一能够保持冷静的作家。其作品既有着古典主义的均衡感，又有着超现实的激情与爱恨。他说过："谁延长了自己的生涯，谁就感到自己的岁月渐渐变冷……"

或许，在我的身上，更多的是开始体会到岁月的凉意，就如同此刻的秋凉一般。我曾经对梦幻和爱情说，我鄙视一切冷漠、虚假和做作的谦卑。我曾经站在生活的最低点，而总是将灵魂放在生命的阳光处，矜持地坚守着内心的那一方净土。但随着岁月的流逝，幻梦也一个一个地破灭，走入坟墓，很难再在我的灵魂中重生，失去的将会永远失去，唾手可得的我反而怀疑它的真实性，我情愿逃避，也不肯接受。不知是我的冷酷，还是岁月的薄凉；不知是我的偏颇，还是人性的沮丧。其实，人只要活着就会失去，而一旦失去了就不会再来，你追求的最终也会失去……人生，就是一场得到与失去的旅行。

一阵急促的风张狂地吹过来，不时伴有闪电划破寂静的夜空，这将是一个携风带雨的秋夜，我屋后的那一池荷叶将在这秋风细雨中拂尽尘埃。我不是诗人，我不拿如水的月光刻意作诗；我不是画家，我也不拿静影沉璧的月亮恣意涂鸦。我只想月上西楼，在洒满月光的门楣下，嗅着灵山芬芳的草香，把心揉碎在梦一般的荷塘里，对着温柔的月辉，静静地仰望。

秋之随想

秋，让我想起了"喜看稻菽千重浪"的丰收景象，也让我想起了额济纳旗的那一片金黄色的胡杨林，还有茫茫戈壁滩上的那一片片黄沙……从古至今，既有"自古逢秋悲寂寥"一说，也有"我言秋日胜春朝"的豪迈宣言。秋给人们带来的既有丰收的喜悦，也有叶落时的惆怅，既醉了心神，也愁了心绪。

——题记

对于人生四季的轮换，我们不必悲天哀地。春来，草长莺飞、鸟语花香，萌动着生命的希冀；夏临，万木葱茏，伴随着蝉鸣蛙唱，喧嚣中也不失清幽；秋至，秋风萧瑟、天高云淡，经暮色浸染的清秋，"枯藤老树昏鸦"的景象也能烘托出凄楚之美……既然人生如四季变更，那么，我将把春的妩媚、夏的蓬勃、秋的厚重、冬的沉静融入笔墨里，享受每一季的美丽，承受每一季的变迁，年轮一圈又一圈加深，我依然安之若素。

此时，我正步入人生仲秋之季，在品尝了初春的青涩，饱经了酷夏的磨练，收获了秋的成熟后，自然也要敢于承受叶落的凄凉。那飘落的人生花瓣如夕阳西下时散落的最后一缕灿烂，有着自顾自怜的美丽，自信而温柔地吟唱人生的余韵。

在我的世界里，只须有文字陪伴，有知己可谈，这样的日子温润且纯净，无语自清欢。既然人生短暂，生命如此宝贵，我今后的每一天都要过自己想过的日子。有些事情不必较真，有的人不必深交，有些情不必收藏，也不必解释得太清晰。因为自己的人生轨迹与他人各异，无论岁月如何沉浮，我只管让心保留一处最原始的底色，浅笑如初。

我总喜欢望着无垠的苍穹遐想：每一个人都像流星，是宇宙中匆匆的过客。太阳自有太阳的光辉，月亮自有月亮的皎洁，谁也无法与日月同辉，谁也取代不了谁。即使到了人生的晚秋，我也希望那一天，我的心明如镜，拿心当镜梳理我两鬓的华发，还有老去的容颜。我亦希望有一天，临水照花，垂竿闲钓自己的影子，在生命的澄明之水中，捕捞自己丰盈的灵魂。就这样安静地做好自己，用文字记录每一笔眷念，或许，在将来的某一天，我们会在文字的某个角落里相遇，你还是我梦中的情人。

沾满阳光的啰儿调

太阳出来啰儿，

喜洋洋欧啷啰，

挑起扁担嘟嘟扯，哐扯，

……

古老的曲调仿佛把人们又带回了那遥远的岁月……

远古时期的石柱土家族自治县是一片蛮荒之地，孤独的村庄在大风呼啸的荒山野岭里挺直了炊烟，蓊蓊郁郁的树林里杂草丛生，时常有野兽出没。在地广人稀的自然环境中，上山劳作的人们借助唱山歌的形式来驱逐寂寞和恐惧，相互间用歌声来壮胆。也由于地处荒野，常年高寒，衣衫褴褛的人们望见太阳出来时的喜悦心情，也就不言而喻。

贫瘠而又富饶的大山，是他们赖以生存的地方，于是"靠山吃山"，从山上寻找生活食粮和燃料。每天清晨，雄鸡唤醒了沉睡的森林，人们便拿起斧头，挑起扁担，背起绳索，上山砍柴，采摘食物，播种粮食。他们奔走，他们歇息，脚上沾满了寒凉润湿的泥土，当东方的太阳从山冈上升起，朝露晶莹的树林便弥漫着一缕金黄色的霞光，弥漫着人们对温暖的渴望之情。光芒万丈的太阳使缺衣少食的人们能够抵御萧瑟的寒风，给劳作的人们带来了无尽的暖意，于是他们的脚步更加矫健豪迈，更加充满获取生活果实的信心。太阳给了大地生命，让万物生长，眼看丰收在望，每个人脸上都挂满了笑容。太阳也让蝴蝶在遍地的野花中翩翩起舞，众鸟嬉戏追逐于清幽的旷野之中，土地和农田充满了劳动的气息。

于是，在砍完一捆柴火，摘得一篮山果，挖到一些食物后，他们挑起扁担行走在山梁上，面对太阳，心中充满了万分感恩，这种感恩在原始的音乐节奏中荡漾起来，歌声回响在整个山野，曲调虽然单一，但充满了泥土的质朴，这种随心情吼出来的对太阳、对大自然的感恩歌声便是《太阳出来喜洋洋》的雏形。这种感恩一代代流传，一代代积累，一代代地完善成熟起来，从那些浑厚而嘹亮的歌声中，我们能听到快乐、豪迈、自信、感恩、勇敢的土家人民的精神内涵，歌声也象征着他们积极向上的生活态度。

啰儿调可以根据不同的时代和环境进行修改和填词。明朝中期写秦良玉时，啰儿调是这样唱的："邱太静哟喂，心肠嘛有点黑哟，窃报私仇嘛整忠良。秦良玉嘛守空房，还能带兵保兵粮。"在抗日战争时期就成了："拿起刀来噻，拿起枪哟喂。拿起枪嘛啰儿啰，打东洋哟喂。东洋鬼子噻，太猖狂啰喂。侵我国土啰，抢钱粮哦啰。"体现了中华民族不屈不挠的反抗精神。

充满乡土气息的土家啰儿调历史悠久、源远流长，堪称是朵绚丽的土家族文化奇葩，也是"巴渝文化"重要的一部分。有资料记载，石柱土家啰儿调民歌与唐代竹枝词有渊源。竹枝词的主要流行地区以巴渝为中心，下及两湖。在唐宋时期，诗歌是用来唱的，山歌是用来对的，其中啰儿调就是最具代表性的一种。比如，唐代诗人刘禹锡的"杨柳青青江水平，闻郎江上踏歌声。东边日出西边雨，道是无晴却有晴"可以这样唱：

> 杨柳青青嘛啰儿——江水平欧——啰儿啰，
>
> 闻郎江上嘛——啰儿，踏歌声欧——嘟嘟扯。
>
> 东边日出啰儿——西边雨欧——啰儿啰，
>
> 道是无晴嘛——啰儿，却有晴欧——嘟嘟扯。

但到了明末清初，四川一带战祸不断，沿长江一线的州县人烟稀少，竹枝词逐渐消逝，而处于"三巴"和"湖湘"中间地带的大山深处的石柱土家人竟将竹枝词保存了下来，并和当地的民歌彼此融合，形成了土家的啰儿调。从句式结构上看，竹枝词为整齐的七言四句体，而七言四句式在土家民歌中相当普遍，啰儿调中的儿化音与石柱土家的方言习惯同出一辙。其间用"啰儿""嘟啰"等做衬腔，同竹枝词中的"竹枝""女儿"的衬词有异曲同工之妙。再则，竹枝词"调同词异"的特点最为明显，石柱土家啰儿调中《太阳出来喜洋洋》的歌词"太阳出来（啰儿）喜洋洋（嘟啰）"亦是如此。

在过去很长一段时间里，石柱土家的啰儿调相当盛行，每逢重大节日或者祭祖庆丰收时，人们边唱啰儿调边劳动的场面十分常见，在田间或地头支上一个大架子，摆上锣鼓，请一位懂鼓乐节奏的老乡来擂鼓，全寨人齐唱，其乐融融。实际上，在生产力不是很发达的农耕社会，为了最大限度地发挥人的潜能，经常是借助唱歌的形式来调动人的劳动热情。在那个娱乐方式较少的年代，能歌善舞的土家人将啰儿调山歌的演唱发挥到了极致。

啰儿调最好的伴侣是咂酒和摆手舞。他们喝着用自家高粱酿制的咂酒，跳起欢快的"舍巴日"摆手舞，慢慢地形成了一种山歌对唱的形式。由于是对唱，就得让人唱完上一句，留点时间来想下一句，以便现场发挥，即兴填词，而"啰儿""欧啷啰"等"衬腔""衬词"就起到了一种缓冲和美化旋律的作用。《岩上砍柴岩脚梭》就是一首典型的啰儿调对唱形式。

> 男声：街上妹子（噻），下乡来（哟喂），
>
> 灯笼裤脚嘛（啰儿啰），是红绣鞋（哟喂）；
>
> 青布围腰（嘛噻），花腰带（哟喂），
>
> 风流调子（嘛啰儿啰），扯出来（哟喂）。
>
> 女声：对门娃儿（噻）你莫想凶（哟喂），
>
> 背上背个（嘛啰儿啰）篾弓弓（哟喂）；
>
> 恁一弓来（噻），是那一弓（哟喂），
>
> 弓得你幺妹（嘛啰儿啰）野老公（哟喂）。

啰儿调这种原生态的山歌演唱内容十分丰富，有生活歌、情歌、对歌、诙谐歌、号子等，或悲苦叙事，或调侃生活，或歌颂勤劳奋发的精神，或歌唱纯活动人的爱情。

这些原生态的啰儿调，忠实地记载着当地的民风民俗，同时，也催化演进着民风民俗，它是一部记录当地土家人历史发展和社会进程的动态教科书，具有珍贵的民族音乐文化传承价值。

如今，石柱的大山里飞出了唱响天下的世界名曲，《太阳出来喜洋洋》

成了重庆一张响当当的名片。当我们用心灵去感受，用耳朵去触摸这些源自岁月、起自祖先的歌声，不由对在高寒的土家山寨中用劳作创造出如此伟大杰作的土家人肃然起敬。

桃花依旧笑春风

去年的桃花仿佛还在眼前飞舞，今年的桃花又在季节的眉眼间恣意盛开了，如婀娜的模特，矜持地踩着季节的猫步，从春的T台上姗姗登场，春天就这样一次又一次地和我们如期而遇。

——题记

站在时光的门楣，细数一年又一年的花开花落，内心在充满喜悦的同时也会泛起情感的层层涟漪。青春犹如这三月的桃花，粉艳靓丽，灿若云霞，但花期甚短，稍有懈怠，便稍纵即逝，让多少人缱绻于愁绪之中。尽管如此，我仍然愿意在每年三月的冷雨清风中等它，哪怕人花两戚戚……

因为我想聆听花开的声音，想谛听春天的脚步声，想迎着和煦的春风，在慵懒的阳光下抛弃厚重，用轻盈的身姿甩开一冬的冗赘。在短暂的春天里，我满怀一腔盛夏般的热忱，金秋般的思念，再怀揣一个美丽的冬天般的童话，将人间四季挂在岁月的池水中央……

于是，我用五十载的明媚、五十载的光华、五十载的蹉跎，蘸着泪水，书写了两个字——"生活"，并将它演义得活色生香，让草长莺飞，垂柳依依的梦境，随着三月的春风扑面而来。

其实，在春天里，葱茏的不只是拔节的小草，一群后生也像雨后的春笋一般茁壮成长；在春天里，美丽的不只是田园风光，还有我们在田野里洒下的梦想和希望；在春天里，盛开的不只是繁花，还有人生的岁月。

尽管如此，我仍想借一树桃花的明媚，画一幅春天的百花盛宴，用一缕春风拂尽心灵的尘埃，让三月桃花将我零乱的岁月、倏添的白发和满脸的褶皱装帧成册，只要我的青春如桃花般盛开过、灿烂过、丰盈过，就足够了。

窗外，那一片迎春花

几点鹅黄托起了迎春的太阳，一袭嫩装引亮了春的曙光。从唐代诗人令狐楚的"高楼晓见一花开，便觉春光四面来"到当代的"经年弄巧篱笆网，疑虑黄金甲未收"，吟诵佳句，纵览古今，多少文人墨客将迎春花写得勾魂摄魄、荡气回肠，却写不尽迎春花的风采，咏不完迎春花的美丽，道不尽人们对迎春花的喜爱。

春天总是这样匆匆地来，又匆匆地去。芸芸众生，宛若蚂蚁般爬行在这座喧嚣繁华的城市里，从日出到日落，从东边到西边，一个脚步追赶着另一个脚步，一个季节追赶着另一个季节，唯有那窗外的迎春花自由、恣意地绽放着，在这个寂寥的世界里，温暖了我忧郁的双眸。

乍暖还寒的早春，万木还在休眠，窗外的迎春花早早地就醒了，舞动着那可爱的嫩黄的身姿，仿佛一个个可爱的小精灵。春天的气候是多变的，一夜的倒春寒，就冻坏了这些小精灵，我心疼得想安抚它们，却不知如何下手，只好祈求老天保佑它们。没过几日，迎春花新的嫩黄花蕊又伸了出来，顽强、高傲地仰视着苍穹。太阳终于露出了笑脸，春天就这样被这群鲜活的小精灵叩开了大门。

舒目远望，阵阵春风中，迎春花昂起头，举着鹅黄色的小喇叭，开始奏响迎春的舞曲，空气中也弥漫着一丝丝淡淡的清香，幽远而悠长。待风稍停，迎春花那又细又长的绿色枝条便柔柔地垂了下来，像姑娘头上的那一袭长发，飘逸而俊秀。只有指甲般大的嫩绿叶子挂满了枝条的两边，那一朵朵嫩黄的小花朵远远望去像一道道金色的瀑布，随风摆动的枝条发出沙沙的响声，好像在为这美丽的春天翩翩起舞。

我喜欢迎春花，喜欢它顽强的生命力，喜欢它鲜活的身姿，喜欢它的婉约，也喜欢它的低调。当万紫千红的春天来临时，它却悄然淡出人们的视线，它的那份美，美在成熟，美在淡定，美在豁达。

红情绿意话火棘

深秋时节，或许只有那漫山遍野的火棘可以和红叶媲美。

走在石柱的千野草场上，映入我眼帘的是一簇簇宝石般的红果粒和浓郁的草原景观，就像上帝打翻了调色盘。

串串灯笼枝上红，蓬蓬绿叶透晶莹。

雪压冰覆浑无惧，依旧亭亭山野中。

民间一首小诗道出了人们对火棘的无比喜爱之情。火棘果有红有黄，有深有浅，层次分明。其中有一种红像陶瓷上的红釉一般晶莹透亮，让人爱不释手，完全可以将这种红命名为"石柱红"。

"石柱红"是千野草场上最亮丽的一道景观。满山遍野的"火棘红海"，让人想起了它曾经开出过洁白的花，白茫茫的一片，就像冬天里的一片雪。在明媚的春天里，当千野的绿和漫山的白相交融，那是一种圣洁和高雅；在凛冽的秋风中，当千野的绿和火一般燃烧的红交相辉映时，那是一种生命的顽强和宁可风干也不跌落的骨气，无时无刻不打动着人心。漫步在火棘大道上，你会生出一种莫名的感动。

伸手摘下几粒红果放在嘴里咀嚼，酸酸的，涩涩的，但嚼过之后会唇齿留香，让人难以忘怀。这是一种家乡的味道，这种味道是即使你走遍天涯海角也忘不了的乡愁味道，无数的海外游子就是寻着它的味道回家。

火棘又叫火把果、赤阳子、台湾红果、红珠、吉祥果、状元红，方言又叫算盘珠。当年诸葛亮用它稳定军心，叫士兵们大量采集食用，以慰藉肠胃之饥饿，从而渡过危险、转败为胜，故又叫"救兵粮"。随手捋一把火棘果放进口里，不是因为饥饿，而是想品尝生活的五味杂陈。

如果不是在秋季，火棘树很不起眼，同高大笔直的杉树相比，它身影娇小，貌不惊人，然而就是这平凡得不能再平凡的火棘，在那个饥饿的年代不知救了多少人的生命。如今，饥饿的年代早已过去，但它却成了石柱的支柱产业。可将其做成盆景，其果可以加工成红色素，是天然的优质食品添加剂。果味酷似青苹果又被称为"袖珍苹果""微果之王"。据说，一颗如珠的红果其维生素C的含量相当于一个大苹果，是营养极高的保健型水果。火棘还可入药，根、叶、花具有止泻、活血、清热解毒之功效，小小的火棘果可谓浑身都是宝。

小小的火棘树具有强大的生命力。它不畏烈日暴晒，不惧冰雪皑皑，迎着凛冽的风，挺直腰杆，向大自然展示着不屈与坚强。千百年来，它练就了非常强大的生命力和非凡的适应力，只要能接触到泥土，它就能长出子孙，纵使你将它修剪捆绑成任何形状，它都能开出可爱的小白花，结出鲜红的小果实。它历经苦难，但从未被打倒，也从未被谁征服。

火棘，我赞美你！

我爱三角梅

记不起是哪一年的冬天，一位北方的文友给我寄来了一张明信片，在明信片的背后，附上了一篇题为《踏雪寻梅》的散文诗，诗中对三角梅有过这样一段描述：

> 江南的梅花，那是一种柔情与甜美，是一种烟雨下的婉约与清新；它那纤巧的身，婀娜的形，妖艳的色，已经深深地印在我的脑海里……

描写得非常精彩，但文与题不符，他可能还不知道三角梅一年四季唯独冬天不开花。它开出的花呈三角形，形状不像梅，但有梅的韵，所以叫三角梅。不是梅花，胜似梅花。

在三角梅盛开的时候，我时常在公园的路径、小区的庭院等有三角梅树的地方流连，三角梅的三片苞叶就组成一朵花，苞片柔如彩绢，薄似蝉翼，中间的花蕊有三根像火柴棍一样的黄色小柱子，柱子尖上顶着三个小白点，犹如三朵盛开的小花朵，在同一棵三角梅树上，可以看到花开的各种形态：有的含苞待放，一朵朵花骨朵在微风下俏皮得可爱，有的好似化好妆的舞者，随时准备着登台表演，有的则干脆昂首怒放，张扬着青春和顽强的生命。即使花期过了，那枝干也像一幅珠帘，如果进行人工修整，让棕褐色的枝条弯弯曲曲地向上盘旋，使其纵横交错，像一条条细长的龙互相缠绕在一起，其形状奇特无比，也别有一番韵味。

在我的眼里，只有在三角梅盛开的季节，姹紫嫣红的春天才算达到了高潮，它铺天盖地，像礼花升腾，像遍地燃烧的火焰，又像灿烂升起的云霞。如果你置身其中，你将会为铺天盖地的花海沦陷，繁花似锦的三角梅会让你强烈地感受到什么叫春光明媚和春意盎然。它红如朱唇，黄如赤金，紫如皇家般华丽富贵，难怪北宋诗人林逋在他的《山园小梅》中这样写道：

> 众芳摇落独暄妍，占尽风情向小园。
>
> 疏影横斜水清浅，暗香浮动月黄昏。
>
> 霜禽欲下先偷眼，粉蝶如知合断魂。
>
> 幸有微吟可相狎，不须檀板共金樽。

诗人在这里描写的是本土三角梅，我们从诗中可以读到诗人对三角梅的喜爱之情。而今，我们南方的三角梅品种更为繁多，颜色有紫蓝色、朱红色、桃红色、橙黄色等，但大多为舶来品，原产地应该是南美洲，我市的三角梅是近十年才有的。有的品种要在阳光特别灿烂的春、夏季节才能见到，它也叫三叶梅、三角花、叶子花、紫茉莉等，为常绿攀援状灌木，因此人们喜欢把它种植在围墙、花坛、假山等周边用作防护性围篱，成为我市的一大景观。

随处可见，三角梅叶连叶、枝连枝、鲜亮热烈，在开得最绚丽多彩的时

候，那红色的、紫色的中间几乎找不到绿叶的影子，由此可以想象得到，这是
多么美的一种景象。

在众多的花木中，我最爱三角梅。

啊！陶家

陶家，一个安静得可以让心驻足的小镇，一个现代化城市的小憩之地。陶家有一条河，那是一条流淌了千年岁月的小河，它的名字叫大溪河。

这个镇的高楼大厦不多，但葱绿却不少，复古的街道古香古色。你看那路边的一队汉代铜车马塑像，仿佛会载着你穿越时空，回到皇恩浩荡的天子时代。那随处可见的废物箱，其模样就是一个汉代的粮仓，沿河的那一袭残墙也折射出古老的神韵，一个普通的灯柱都透射出了历史的光芒。这看似不经意的街景却渗透着浓浓的汉代风韵，也渗透着陶家人的智慧。

沿着公路走向大溪河畔，抬眼望去，这条安静的小溪穿镇而过，河面的右侧有一座桥，当地人叫它"独善桥"，它有"穷则独善其身，达则兼济天下"之意，据说是由明朝时期一位当地的富人出资修建并命名的，可谓用心良苦。千百年来，陶家人就繁衍生息于大溪河两岸，后来经过不断扩建，就成了今天我们看到的模样。

清晨，和煦的阳光挥洒在大溪河畔，柔柔的，就像母亲那双温暖的手，空气中浸润着春天的气息，湖水倒映着桥的影子，将粼粼波光折射在梁洞里，让静谧中再添一分赏心悦目。桥上，车来人往，一片繁忙；桥下，村妇浣纱，一派祥和。人们有的背着背篼，有的端着盆子，还有的站在河水里，用脚在慢慢地踩洗着衣服，看上去闲散悠然。我的眼前顿时浮现出北宋风俗画"清明上河图"里汴河两岸的自然风光和普通街景的热闹场面。这看似平常的洗衣场景，不经意间在游人眼里就成了一道人文景观，而在陶家人眼里，大溪河就是他们赖以生存的母亲河。

沿着河岸走，河岸翠竹成林，微风吹过，发出沙沙的响声。远看，竹林绿得像一块无瑕的翡翠；近看，竹林又像一道绿色的屏障。不时有白鹭从竹林里面飞出，在河面上和草丛里嬉戏，有时还会从你面前飞过。河水不深，但河里面的鱼却不少，一大早就有垂钓者，正当我痴迷于此情此景时，对本土人文颇有研究的小胡催促我们往下游方向走，说前面有"镇河之宝"。

不多时，建于明朝成化年间，距今已有五百多年历史的九龙古桥就展现在我们的眼前，它坐落于大溪河戴家滩之上，为九墩十孔石板桥。九座石墩上横卧着九个龙头，或昂首远眺，或低头吸水，或张目怒视，或闭口沉思，形态各异，栩栩如生。建桥时，每条石龙的下面都配了一个"龙潭"，它起着减缓水流、降低河水对桥冲击的作用，即使山洪暴发，也不会对桥有太大损伤，我不得不佩服先人独具匠心的设计。只可惜这九条龙有头无尾，据说是因为工匠师傅的离世，而使这座桥留下了一个遗憾的尾巴。好在有这个遗憾，要不然九龙飞舞，我等俗人到哪里去寻它们的踪迹呢？这九条龙组成的青石桥，几百年来降服了大溪河，承载着陶家历史的风云变幻，见证着陶家人世世代代的安居乐业，它默默地承载着世人的脚步，等待着乡邻的回归。站在桥上，我有些沉醉，那一池河水似乎也醉成了一幅流动的风景画。

在陶家，你可以借一段春光，邀约三五个好友，去西池温一壶茶，慢慢地品读田园风光，再赏一幅落英缤纷时的海棠烟雨；在陶家，你也可以借一段夏日，去西池纳凉，听蛙鸣蝉唱，享清幽世界，让疲惫不堪的身心在荷塘月色中静静地释放；在陶家，你还可以在大溪河用古桥残墙做鱼竿，用一块汉砖做鱼饵，将陶家一千多年沉重的历史钓上岸！

大榕树的魅力

在海南三亚的抱伦镇一个叫告状村的黎家小寨，村头有三棵大榕树，当地人称为神树。据说这几棵神树有求必应，凡是想金榜题名、升官发财、消病除灾的，都去祭拜它，方圆数十里慕名前往的朝拜者颇多。

之前没有见过榕树，但电影《刘三姐》中，刘三姐在漓江边的大榕树下抛绣球的情景却让我印象深刻。于是，我怀着膜拜之心前往观之。

这三棵大榕树也叫菩提榕，一棵立村南，一棵靠村北，另一棵居于村东南边的果园里，三棵榕树各相距百余米，成三足鼎立、犄角相望之势，树龄都在五百岁以上。村南那棵树最大，没有四五个人手拉手，很难把它抱住。环顾四周，树的种类很多，但像榕树这样葳蕤的大树却很少，海南每年的强台风不知要连根拔掉多少棵树，为什么榕树却长久耸立在此并枝繁叶茂呢？我一边寻思着，一边绕着村南那棵最大的榕树转了几圈。

大榕树根如蟠龙，皮若裂岩，须根如仙人鹤发般向下逶迤，这棵大榕树的气根从两丈多高的树干上垂下来，扎到地下，三五十根粗细不等，简直成了树的"支柱根"，它们从树的四面八方伸出来，紧紧抓住地下和周围的崖缝，树冠有多大，树根就会扎多远，不仅如此，当这些"支柱根"为了寻找水源深深地扎进泥土里，从土壤中汲取了水分和营养后，又不断地长大和变粗，气根与树之间既独立又紧紧相连，于是形成了如今这般"独木成林"的模样，任何暴风骤雨都奈何不了它。或许是我的见识有限，榕树的气根向下突破、往泥土里钻的生长方式让我很难明究其理，自然界中的植物都是迎着阳光向上生长的，这种逆生长的方式，或许就是榕树独木成林的生命密码吧。

其实，说它独木成林多少有些夸张，但据资料介绍，世界上确有独木成林的榕树，它就在孟加拉国热带雨林之中，那里有一棵树龄达九百岁的大榕树，树冠投影面积超过了一万平方米，曾容纳一支数千人的军队在树下纳凉，树枝向下垂挂的气根多达四千余条，形成了独木成林的奇观。

择一树根当凳，坐在树下，在享受一片绿荫的同时，还能听见榕树上吱吱的鸟叫声，优美的声音就像一支独特的乐曲。榕树上有几处鸟巢，三三两两的小鸟衔着泥穿过浓密的叶丛，我想起了巴金笔下的《鸟的天堂》，小鸟的天堂应该就是这个样子吧！树上枝繁叶茂，树下杂草丛生，数百年来，方圆几十里的黎民，如遇节日或有大事都来此祭拜，村民们田间劳作后也来此歇息，或许是穿梭于树下的人多了，也或许是树的年龄高了，树的主杆竟成了空洞，洞里面就成了孩子们玩耍的天堂。

这里的大榕树还担当起《天仙配》中槐荫树的神化角色。如谁家小孩受了惊吓哭个不止，老人就会将其领到老榕树下，说一些好话祈祷老榕树开恩："胆还俺，胆还俺！"也不知是平日乡村的孩子难得有大人的体贴照顾，还是老榕树真有超人的力量，听说没有不灵的。

黎寨的大榕树是否真有如此大的神力，我无法考察，也难以置信。但当地民族对神树的崇拜和虔诚也成了一大文化景观，由此形成的独特的民族榕树文化现象是值得研究的。

观南山不老松有感

在海滨城市三亚西南方20公里处有一座山叫南山，从地理位置上看，它是中国最南端的一座山脉，在南山发现了一片全世界最大的不老松松树林，有一副对联说："福如东海长流水，寿比南山不老松。"一语道破了南山与福寿文化之间的渊源。虽然此山非彼山（原出处为陕西终南山），但对联所表达的形式和寓意应该是一样的。

在没有见到神秘的不老松之前，我想它一定是伟岸、粗壮、高大、挺拔的。进入森林，当我们沿着崎岖的山路行走了好几公里后，始终没有出现我想象中的不老松，我四下张望，希望能尽快看到这种古老而伟大的神树，最终我们在一片其貌不扬的松树林停住了脚步，有块木牌上面写着"龙血树"三个大字，下面几行小字注明了龙血树的属性及特征。于是我拿出手机快速百度：不老松学名"龙血树"，早在白垩纪恐龙时代就已出现，被称为植物中的活化石，被联合国教科文组织列为保护树种……树龄有的两千多年，最长的有六千年以上，而中华民族文化上下才五千年，说明南山不老松在中华文明还没有形成时就在那里了。眼前这些松树高不过十米，多干多枝，树叶如长剑般密密麻麻地插在树的枝干上，形如蘑菇，表皮不光滑。感觉还没有内地山脉的松树高大，同我想象中的模样大相径庭，它显得太普通、太寻常了，完全出乎我的意料。转过身和同行人聊起来，得知一棵不老松如果不经过人为的破坏，它可以活到六千甚至一万岁。为什么不老松能够长寿？有人说是它本身的寿龄长，我想另一个原因就应该是它的"无用"了。看看这些松树树枝特别多，里面是空心的，不能做家具，将其砍伐下来，晒干也不能当柴火烧，原因是点火后只有烟而没有火苗。还有一个原因就是不老松生长速度极其缓慢，一棵看似很小的不老松都有上百年的树龄，其形态比较低矮，但韧性好，即使海南的台风也刮不倒它。种种原因让其躲过了被毁灭的命运。

自然界是这样，其实现实生活又何尝不是这样呢？古语讲："木秀于林，风必摧之；堆出于岸，流必湍之；行高于人，众必非之。"这句话原出自三国时期魏人李康的《运命论》，意思是一棵树如果在树林里长得特别好，那么必将受到风的摧毁；如果一堆土超过了河岸，那么大水来了必定先冲走它；一个人如果表现过于出众，那必定会被人打压和排挤。做人如果自命不凡，行事高调，那么往往很容易遭到别人的攻击，而且越是高姿态的人越是容易成为别人攻击的目标和对象，枪总是打出头鸟。

想到这里，我突然觉得其貌不扬的不老松从另一个侧面教会了我一个道理：如果一味地出风头，不注意保护自己，最终会成为牺牲品。一个人如果要想成就一番事业，就要学会收敛，学会隐藏，学会自我保护，不可锋芒毕露。

海南的男人和女人

在海南，椰子树和槟榔树分别被当地人称为"男人树"和"女人树"，因为椰子树高大挺拔，槟榔树纤细苗条，这种说法的确很有意思。比这更有意思的是高大伟岸的男人看上去游手好闲，而纤瘦得像槟榔树一样的女人却在宵衣旰食。有人说这是海南的风俗，对于这样的风俗习惯，我刚去时有些接受不了，但很快，我发现这懒和勤的背后另有玄机。

海南原来隶属于广东省，受广东文化的影响，海南人也有喝茶的习惯。在海南的大街小巷有很多喝茶的大排档，海南当地叫老爸茶店，这些茶店成了海南的一道风景：一壶茶，一碟花生，几块糕点，陈旧的桌凳，店面也不用装修，满店都是喝茶人。你只要稍加留意就会发现在老爸茶店喝茶的几乎是清一色的男人，这些男人中有白发老人，也有年轻小伙，但绝对看不到当地的年轻女人。

一大早他们就坐在这里一边喝早茶，一边拿着报纸津津有味地阅读着，还有人拿着彩票纸研究彩票的走势，但一到午饭时间，他们就骑着摩托车，一溜烟地回家了。等到下午两点后，他们又来茶店报到，开始喝下午茶，慵懒地瘫坐在竹椅上，天南海北地神侃，到了晚上，家里还有老婆煲的香喷喷的汤在等着他们。男人本该是家里的顶梁柱，却为何懒得像条虫？是不是海南的女人真的就心甘情愿让自己的男人游手好闲、无所事事呢？是不是海南的女人性情软弱，没有管理自己男人的本事呢？朋友，如果你这样想就大错特错了。

海南自古以来被称为"天涯海角"，孤悬海外与世隔绝，所以海南的文化比较传统，海南女人与男人相处的方式也比较传统，这并不等于说海南女人性情软弱。从历史上看，海南女人也是很彪悍的，全世界第一支女子武装部队就出自南海，比如著名的"红色娘子军"。她们虽然个子矮小，但性格刚烈，像男人一样坚强，没有内陆女人那么多的矜持和含蓄。海南女人有一种传统思维，认为男人是做大事的，不能被生活琐碎拖累，而且还有一种根深蒂固的思想，认为男人是女人的命，女人是男人的运。而这种观念的形成，据说是因为以前海南男人出海很危险，只要是能平安归来，女人就会欣喜若狂。从情感上讲是舍不得让男人做事。从另一个方面讲，男人奔波数月，也需要放松和休息，情感也需要找个地方宣泄。于是，喝茶、聊天，挥霍时间这一系列消遣行为就顺理成章了，渐渐地，喝老爸茶也就成了岛民们的一种生活习惯。

海南人认为，男人就好比是一锅汤，这锅汤好不好喝与煲汤的人有关，女人就是这煲汤的人。如果煲汤的人心灵手巧，那么就能煲出一锅滋味浓郁、回味无穷的靓汤；如果煲汤的人厨艺不佳，或者无心煲汤，那么再好的食材也是废料一堆。

在南海，男人的出路有两条：一条是做官，另一条就是做生意。海南当地人对做官的热情特别高涨，而看似懒散的人，一旦找到适合自己的项目，出国做起生意来，就像换了个人似的。在东南亚一带，海南的男人以勤劳肯干著称。海南总人口八百五十多万人，但到东南亚一带南海籍的华侨就多达四百多万人，而且口碑都很好。反过来说，海南的男人们也是很顾家的，这两点就构成了婚姻的稳定。有一项调查资料显示：全国有两个地方的离婚率最低，一个是上海，另一个就是海南。这个问题我问过同行的一个上海男人，他说"离不起"，我想海南的男人应该就是"不想离"了。女人把家里家外所有的活都包了，男人回到家里有吃有喝，哪个男人还舍得同自己的老婆离婚呢？

　　一方水土养一方人。或许，存在的就是合理的；或许，这就是爱，说也说不清楚。在安逸懒散的外表下面，其实隐藏着一种男人的坚定和智慧，外乡人切不可因表面现象而否定了海南男人的优秀品质，而或许在海南女人们看来，田间地头的累与房前屋后的忙是一种踏实、一种安分、一种快乐。

椰子树

　　初识椰子树是在几年前的一个冬天，我前往海南临高县金沙滩避寒。抬眼望去，椰子树大约有十多米高，宽大的树叶呈羽毛状从树的顶部伸出来，叶尖自然下垂，呈伞形散开，远远看上去就像一束绿色的礼花，兼有孔雀开屏时的惊艳。粗壮光滑的树干，不蔓不枝，树梢下面缀满了一串串的椰子。一树就是一景，一排便成林。它们总是朝着大海的方向，将身子微微地倾斜着，那种对大海的痴情，对阳光的眷念，对故土的回望，让人十分感动。

　　如果你在海南多住些日子，就会发现，不论你是行走在海边，还是攀爬于山间；无论你漫步在城市的街头，还是穿梭于乡村的田间，只要有阳光的地方，都能看到一棵棵高大挺拔、四季常青的椰子树。

　　家喻户晓的椰子树其实并不是海南岛土生土长的物种。在很多年前的马来群岛热带雨林中，一些熟透了的椰果掉在大海里，随着海洋漂荡，在海水的浸泡下，外壳脱落，海水将它们带到了海南岛，被海浪冲上岸后自然地生根发芽，从而逐渐繁衍开来。在我的眼里，每一棵天然而成的椰子树都是一个伟大的航海家，每一颗种子都经过了风雨的洗礼，经历过大海的怒吼，感受过烈日的煎熬，具有坚忍不拔的毅力和无所畏惧的胆魄。

记得有一次，我背着相机行走在山海湾一个黎寨村庄，烈日很快烤干了我体内的水分，饥渴难耐中，我打算进寨子里面讨口水喝，见前面有一个红砖小院，院门没有上锁，于是向这户渔家走去。进院后见院坝里面有一个老阿婆，她打着赤脚，头戴一顶"东坡帽"（椰子冠），坐在地上织渔网，还没等我开口，她起身从门边的一个筐子里拿出一个椰果麻利地砍了三四刀，然后用刀尖一捅，就出现一个小孔，插上一根吸管，给我递了过来。

休息片刻，我放下"小费"正打算起身赶路，老阿婆又将这颗椰果一分为二，再递上一只勺，示意我把椰肉吃了再走，白白的椰肉鲜美、香甜、嫩滑，可称得上是人间美味。"阿婆，这椰子树是你们海南的支柱产业吧？"我随口问道。阿婆笑而不答，只说椰子树全身都是宝，大热的天只要喝上一个椰果的汁，一天都不会中暑。是的，椰果里面不仅有甘甜的椰汁，还有鲜美的椰肉，可做椰蓉、奶油、椰子糖、椰子糕等特色小吃，椰壳可以制成酒杯、碗，还可以雕成工艺品，加工成活性炭，树干可以当栋梁，果皮可以制成扫帚，椰根还能做成药品等。从根、茎、叶到花、果、皮，没有不能利用的，据说以椰树为原料加工的产品就多达三百种，涉及衣食住行各个领域。

海南有一个风俗习惯，女孩子出嫁前，母亲都要从房前屋后的椰子树上挑选两个又大又圆的椰子给女儿当嫁妆，祝福新婚夫妻的生活像椰汁那样甜甜蜜蜜。在海南人眼里，椰子树还是他们的救命树，饥荒时期，海南人靠它度过了那个艰难的年代。如今一提起椰子树，海南人的喜爱之情总会溢于言表。据说前几年海口出于市政规划考虑，砍掉了许多椰子树，这可触痛了海南人的神经，他们纷纷抗议，因为椰子树已经渗透进海南人的血脉，变成了一种割舍不掉的情怀。

我常常在心里面问自己，高大挺拔的椰子树像什么呢？有人说它忠于职守，像守卫海岛的士兵；也有人说它风姿绰约，像翩翩起舞的少女；还有人说它像慈母，用椰汁哺育了一代又一代的海南人。而一位渔家老人却这样对我说："一棵椰子树，就像是一艘漂泊在海上的渔船，承载着他们的生活与希望。"

咏花随笔

白玉兰

白玉兰总是高高地开在枝头上，妖而不艳，媚而不俗，洁白中透着纯净。站在树下要想一睹它的芳容，只能仰视它。如果不是它自己掉下花瓣来，一般人是攀折不到的，我就喜欢白玉兰清高的样子，不为喧闹繁华的外界所动，矜持而高傲地在自己的领空上绽放。

红梅

它艳丽多姿，暗香袭人，傲雪凛寒，宠辱不惊，注定和喧嚣无关，与寂寞有染。它是冰雪里的精灵，冬天里的一把火。"无意苦争春，一任群芳妒。零落成泥碾作尘，只有香如故。"

梦中的海棠

梦里我"偷来梨蕊三分白，借得梅花一缕魂"，醒来"只恐夜深花睡去，故烧高烛照红妆"，原来灯下看它更美几分。海棠花温和、美丽，粉红的花瓣裹着金黄色的花蕊，淡淡的芳香缠绵悠长。它常常开在我的梦里，每每醒来竟有几多不舍，几多离愁。别扰我，就让海棠花在我的梦中盛开吧！

心中的红叶李

只有当李花盛开的时候，红叶李才是最养眼的。你看，整条街被紫红色的叶、雪白或粉红的小碎花笼罩着，叶和花同时绽放而且相得益彰，树型就像姑娘手中的小洋伞，很有几分春风得意的感觉。历代文人对李花的推崇要逊于桃花，或许是因为李花没有桃花的那种红艳和姣丽，但是李花这种洁净、透彻和含蓄，却是桃花所缺少的。

山中的野花

花，静静地绽开；风，轻轻地呢喃。那份欣喜，那份感动，常常让人难以忘怀。我喜欢有生命力的花，无论它是高雅的还是低贱的，名贵的还是平凡的。不管别人赞与不赞它都盛开，爱与不爱它都娇艳。山中的野花有一种生机勃勃的美，有一种大胆泼辣的鲜，有一种浸润心扉的香，自由、妖娆、恣意地绽放。

风中的桃花

三月的桃花在春风中一浪漫过一浪，像掷了枚粉红色的炸弹，瞬间城池沦陷、落英缤纷。桃花之美需要簇拥，需要围观，稍有懈怠，它将与你失之交臂。只因它的花期短暂，像女人的青春一般稍纵即逝，让多少人缱绻于愁绪之中。尽管如此，我仍然愿意在年年三月的春风中等它绽放，与它共眠……

雨后的紫荆花

奇特、艳丽而雅致的紫荆花是我的最爱，我喜欢在雨后的清晨去欣赏它，满地落红，万般惹人怜爱。雨珠晶莹，片片都像花的泪，瓣瓣都诠释着我的隐忍与痛楚。那若有若无的香气，总能勾起我一缕浓浓的乡愁和对失去亲人的怀念，就如同我今生将爱存放在心底某个最柔软的地方，在那里有我梦中轻轻的呢喃，它烙在了我的心底，弥漫成心香无数。

第二辑　历史长廊

一到夜晚，江岸上的万家灯火倒映在河水中，犹如串串流动的水晶，放射出一道道闪亮的光芒。泛舟在静静流淌的长河里，欣赏着两岸错落有致、鳞次栉比的吊脚楼的形影……

情满吊脚楼

一座城市的历史，总是从建筑开始的。

在重庆说到建筑文化，就不能不说到具有山城特色的吊脚楼，吊脚楼在重庆自古有之。据东晋时期的《华阳国志》载：重庆"地势险恶""皆重屋景居"。由于被两江环抱，长江、嘉陵江横跨城区，造就了"两江四岸"之景。由于背倚山川，只能逐水而居，所有建筑沿着山坡依次建造而成。因此，重庆旧时的吊脚楼特别多，都集中在临江门、石板坡、化龙桥、厚慈街、川道拐等江边的山坡处。20世纪80年代前，如果你站在江边，放眼四周，到处都是用几根杉杆撑起的一间间四四方方、高高低低的木楼，这就是吊脚楼。这些颇具西南风情的吊脚楼，深深地铭刻在老重庆人的记忆中，也成了巴渝地域民居特色的鲜活标签。

吊脚楼是老重庆人永远也抹不掉的历史记忆。去年才过世的老母亲是个正宗的老重庆人，20世纪三四十代就居住在渝中区的米花街和十八梯等地。我的外祖父是当时重庆有名的民间木雕手艺人，掐指算来，其府上的老祖宗应该是三百年前"湖广填四川"的移民，因此他们所居住的吊脚楼多少有些徽派建筑的遗风，但同时又融入了重庆当地吊脚楼的建筑特色。最基本的特点是正屋建在实地上，厢房的一边靠在实地上和正房相连，其余三边皆悬空，靠柱子支撑。吊脚楼利用木条、竹方，取"天平地不平"之势，陡壁悬挑，"借天不借地"，加设坡顶，增建梭屋，依山建造出一栋栋楼房。其建筑墙体材料多采用竹笆夹泥，中间是竹子，外边敷上泥巴用木板做隔板，这样可以减轻建筑重量，减少吊脚楼所承受的压力，重庆人称这样的房为板壁房，它是吊脚楼中最简易的一种。

据母亲讲，在过去老重庆的建筑中，吊脚楼也分上下两等。上等人家居住的吊脚楼一般选在江景秀丽、风水较好、地势较平的地段上，是那种平地起吊的四合院式吊脚楼。普通吊脚楼中居住的则大多数是临街叫卖的贫民、小手工业者和工厂里面的工人。沿江建造的吊脚楼，一般是拉船的纤夫和跟船的船工居住，他们以茅草或杉树皮盖顶，也有用石板盖顶的，最常见的单吊式吊脚楼，有人称为"一头吊"或"钥匙头"。

建楼总是人们生活中一件大事，无论是什么等级的吊脚楼，第一步都要备料，木料一般选杉木板；第二步是加工大梁及柱料，俗称"架大码"，在梁上还要画上太极图、荷花莲籽等图案；第三步工序叫"排扇"，即把加工好的梁柱接上榫头，排成木扇式样；第四步是"立屋竖柱"，主人选一个黄道吉日，请众乡邻帮忙，上梁前要祭梁，然后众人齐心协力将一排排木扇竖起，这时，鞭炮齐鸣，左邻右舍送礼物祝贺。立屋竖柱之后便是钉椽角、盖瓦、装板壁。吊脚楼不受形制的约束，无"堂屋""厢房"等主次之分，跟坡靠坎，依曲而行，功能上满足使用需求，构造上满足牢固之要义即可。它可沉于河滨陡岸，枕水而立，也可以高架于绝顶，形若空中楼阁，还可以伴壁爬崖，势同悬空。但讲究空为阴，实为阳，虚则柔，实则刚的古代风水美学理论，亦讲究天人合一的居住氛围。

青少年时代，吊脚楼曾给我留下了深刻的印象。记得20世纪七八十年代，我曾和同学徒步到渝中的石板坡去看江景，也曾陪着母亲去南岸弹子石二姨家寄宿玩耍。乘轮渡过河后，沿着一条长长的石板路往上爬，石板路的两边密密麻麻地"长"满了各种各样的吊脚楼。楼与楼之间勾肩搭背、高低起伏，说不清谁是谁的院，谁装点了谁的景，横七竖八的自然走向，这栋连着那栋，这家挨着那家。即便如此，只要稍微有条件的地方都会留一块"透气孔"——院坝，用来"摆龙门阵"，家家户户的门口几乎都要摆上几张凳子，这就是交流的媒介，重庆城多少传奇的故事就是坐在这样的凳子上"摆"出来的。二姨家方方正正的堂屋中央放着一张老方桌，四只长凳子，几把藤椅，堂屋的后面是厨房，楼上是住房。我喜欢爬到三楼住阁楼，头顶上是一片亮瓦和纸糊的窗，晚上躺在木质的地板上可以听到艄公的哨子，透过板壁墙的缝隙可以看到天上的星星。木墙不隔音，还透风，在那物资匮乏的年代，邻居厨房里面飘出来的饭菜香，总是诱惑着我。随手推开阁楼的小木窗，就可以看到江面上航行的船只和江边上停靠的渡轮，上下的行人就沿着青石板来来去去，爬坡下坎。我也时常沿江徒步，不经意间一抬头，鳞次栉比的吊脚楼就在我心中定格成一道美丽的风景线。

母亲说重庆最早的吊脚楼其实不是我们看到的那个样子，旧时的重庆有很多建造得非常精巧、美观的吊脚楼群。有的吊脚楼虽然看似粗犷，但不失纤巧；貌似拙朴，却不失轻盈；既曲径通幽，又豁然开朗。当年外公和他的师父们用木雕手艺在这些房屋建筑中大显身手，只可惜母城的吊脚楼大多已毁于20世纪40年代日本对重庆的大轰炸中。房屋被炸，没住的地方怎么办呢？重建。再炸，再重建！就这样，重庆经历了日军轰炸机地毯式的反复轰炸，吊脚楼也屡炸屡建，这就是重庆吊脚楼看起来非常简陋，不如湘西、鄂西等地区的吊脚楼精美的重要原因，但却恰恰是重庆人的顽强精神和不屈不挠的意志体现。我想这大概就是重庆吊脚楼让人难以忘怀的独特魅力所在吧！

现在回想起来，吊脚楼有一种"天人合一"的美妙境界。一到夜晚，江岸上的万家灯火倒映在河水中，犹如串串流动的水晶，放射出一道道闪亮的光芒。泛舟在静静流淌的长河里，欣赏着两岸错落有致、鳞次栉比的吊脚楼的形影，不禁令人沉醉，令人感动。在这里，你不会被时间追赶，可以慵懒地享受夜的宁静。不会让忧思吞噬快乐，不会让庸俗消泯优雅。这些建筑，犹如一座人文艺术博物馆，构成了婀娜多姿的山城重庆独特的美丽景象。

前些日子为了感受吊脚楼，我再次去了一趟石板坡，感觉那里变化很大，原汁原味的吊脚楼几乎不存在了。由于年代久远，大量的传统竹木结构吊脚楼成了危房，或被拆除，或被改造成砖木结构的吊脚楼。但作为一个城市的建筑象征，一些有特色的吊脚楼已经进行了保护性的整体迁移，重庆市政府和民营企业家联手打造出洪崖洞、磁器口吊脚楼景观，让我们仍然可以感受到当年山城江边上这些生命图腾的震撼力，那是巴渝人家曾经默默守望、相依为命的家。

如今，吊脚楼已经苍老、衰落，但有谁能泯灭那些被岁月剥蚀得发黄的历史呢？在老重庆人的心中，吊脚楼永远是抹不掉的一道历史的镂痕，永远是散不尽的一股浓郁的乡愁！

探秘会龙庄

一座建造年代不详的神秘大庄园隐藏在重庆江津四面山原始丛林之中。它坐西南、朝东北，面积约2万平方米，现存院落十所、房屋近五十间，巍巍三重堂由中轴线贯穿，整座庄园气势宏大、华贵典雅，走进去仿佛置身皇宫一般。而建造庄园的主人到底是谁？至今没有明确的定论，精心设计的庄园又暗藏玄机，这座大庄园名叫会龙庄。

带着种种疑问，我以旅游探险者的身份敲开了会龙庄的大门。庄园朝门处有两幅气势恢宏的楹联，正面上联是"千古宫墙丽日祥云照耀"，下联是"万方礼乐太和元气流行"，横批是"会龙庄"。背面上联是"楼阁高耸庭院森森长廊玉阶迎宝朋"，下联是"古楠参天溪水潺潺高墙白屋映斜阳"，横批是"龙吟凤舞"。庄园的大门外坝设有一个旗台，一对威严的石狮雄踞庄园的大门口，威风凛凛，霸气十足。

进入中堂后，首先映入我眼帘的是八扇大门式屏风，仰视中堂，上方有一块硕大的由康熙赐书的牌匾，"祖德流芳"四个大字字迹圆润厚重，苍劲有力。正前方设有六扇大门，只有在重大节日时才开，平常人进出走耳门。整个中堂建筑庄重大气，简洁明快，屋梁上除刻有太极镇宝图外，其梁间均绘有一字，分别组成"桂、五、槐、三、荣、华"等字样，传统气氛浓郁，再配上祥云彩绘，风格独特，给人以宏伟非凡的感觉。

中堂进门处的头顶是一方戏台，中堂地势比前院略高，坐在中堂内正好能平观戏台，戏台前的内院可容纳数百人，是庄园经典建筑之一。这种石木架构的组合难度极大，颇具考究价值，属我国早期庭院建筑式的框架结构。戏楼前的檐坊圆栏花板雕刻精湛，花草禽兽栩栩如生。角花、朱雀、牛腿、斗拱样样流光溢彩，精美绝伦，左右两边辅以小桥流水、深山古刹、车马亭台等山川人物，展现出主人高雅的审美情趣。戏楼前的天井布局呈"品"字形，这些天井高低有序，布置科学合理。戏楼两边书楼直连中堂，既可凭栏观戏，也可静心读书，其中一间专供女眷看戏，门口有红绫遮掩，非常雅致，整个戏楼虽历经沧桑岁月，仍风韵不减。

经中堂直上即到正堂，正堂是一个开放式厅堂，进大门有一个大天井，上五步石梯就是中堂核心。过亭用四根全院最大的石柱托起，与两边天井交相辉映，其华丽庄重程度不言而喻，只是在建造的过程中有改造的迹象，那四根挑梁就是佐证。

堂前四个鼓形基座七零八落地摆放在正堂的四个角，加上左右各设一口天井，显得有些荒凉。我蹲下身抚摸着这四个精雕细琢的大石墩，用手慢慢抚去石墩上的尘埃，我惊奇地发现上面刻着浮雕，有松树、柳树、船等图案，船上一渔翁在钓鱼，其鱼竿、钓线都刻得清晰逼真。我不由地赞叹距今数百年前的工匠手艺之精湛。再说说修建庄园的青石墩（条），明显和当地的青石材质不一样。常言道：水滴石穿。可奇怪的是，经历数百年的日晒雨淋，其屋檐下的青石居然没有留下明显的穿石痕迹，我发现会龙庄屋里面的青石墩（条）材质在四面山乃至重庆等地都没有，那么这里的青石墩（条）是从何而来呢？依当时的采石技术，即使能够开采却又如何才能运到这荒山野林中呢？真是令人百思不得其解。

会龙庄现存大小天井十六个，用途和一般院坝差不多，是供主人走动游玩的。每个天井的底部角落处都设有一至两个看似不起眼的古钱形排水孔，正是因为这个排水孔的存在，会龙庄从未遭遇过洪灾，下雨天只听水沟内流水汩汩作响，但不知流往何处。我仔细观察了一下会龙庄的四周，全是土墙建筑，三面靠密林，一面是险道，庄园处于密林深处，要是排水不过关，早被洪水冲垮了。据当地村民介绍，会龙庄的排水系统无论遇到多大的洪水，从来没有失效过。20世纪50年代，这里曾做过粮仓，有人做过实验，把糠壳倒进排水孔里，然后派人四处寻找糠壳的下落，以便查出积水流向何处，然而无果。一位考古专家说："如果能把会龙庄排水系统的原理之谜解开了，对故宫的修缮乃至全国的城市建设是有帮助的。"但解迹之事，非等闲之辈能做到。

由中堂天井右侧往里走上二楼，便来到了玉和院居。玉和院上连"绿塦亭"，下接庄园小朝门，是主人居住的地方。"玉和"乃中和之意，从名字中可看出，主人希望家庭和睦、儿女和顺、家和万事兴，我觉得这个"玉"字在这里用得特别精准。院子构筑玲珑别致，曾设花园、漫道、假山和水池，四周还有暗道夹墙能和园外自由相通。玉和院上二楼全部是木墙、木地板，通过精致的小格木墙一眼可以看到外面的太阳，谁能想到就在这面墙上的一米以下是一道通往整个庄园的暗道夹墙呢？夹墙平素用来藏贵重物品，更重要的用途则是抵御土匪。如果土匪强行进入会龙庄，女眷、老人和小孩可进入夹墙暂时躲避匪灾，我用手敲打这道夹墙外的木墙，奇怪的是竟然没有听到空墙的响声。据一位老师讲，20世纪七八十年代，这里改为学校，玉和院就是老师们的宿舍，她带着孩子在这里住了十多年竟然都没发现此处还有一条暗道，可见夹墙设置得十分隐蔽，是近几年修缮时才被人无意中发现的。

下楼往正堂的左下方走，前方便是会龙轩。会龙轩是一间五十平方米左右，供孩子们识文断字的教书屋，是上学读书的地方。房间设计得空旷亮堂，从屋顶可以看到高大的碉楼和一片葱茏的古楠木林，这样的设计在全国也是不多见的。

碉楼是绿堃亭的俗称。它的建成比庄园约晚二百年，由于庄园主人身世显赫，屡遭偷盗打劫，为了保护家族财产和生命安全，因此修建了碉楼。碉楼外形如塔，上下六层、高三十八米，每层楼设有不规则的漏斗状枪眼和遮蔽式小窗，能上下左右封锁周边要道，每层木地板上贴着黏土，既能防火隔离，又能减弱走动时的声音。一层碉楼大门后面还有一间密室，用于扼守碉楼大门，可谓是"一夫当关，万夫莫开"。登上碉楼顶层，四面临风，视野开阔，颇有悟宇宙之盈虚，体时代之变化的意境，一种"自古英雄皆若是，从来俊杰殆如斯"的感叹也会涌上心头。

会龙庄的谜很多，一个接一个，让我流连忘返……

寿星庄的陈年碎影

知道巴渝著名古庄园江津会龙庄的人多，而知道与它毗邻的寿星庄的人却较少。其实，寿星庄的修建比会龙庄至少早五十年，这两座庄园相距约两百米，一个坐东北朝西南，一个坐西南朝东北；一个似官府，一个似王城；两庄背对背，互为靠山，一条长城似的围墙将这两座庄园围了起来，形成了大山里的独立王国。

如今的寿星庄已是断垣残壁，破败不堪，只有那一堆堆乱石和说不清年代的老础柱还镌刻着历史的印记。在村干部陈作伦的陪同下，我们走访了如今还住在那里的几位八旬老人，在他们零零碎碎的话语中，这座庄园最初的模样逐渐清晰，仿佛大朝门外的那台碾米石滚还在滚动，蜡梅还飘香，戏楼还在锣鼓喧天地上演《乌流河救驾》，城墙上巡夜的敲梆声还在咚咚作响……

当年的寿星庄可谓金碧辉煌。从南门到正堂要经过六道朝门，大小院落共十六座，以正堂为中心，成品字形和一字形分散摆开。正堂中间有一个卯厅，周围有十二根梅花桩和六个石圆礅，两边是围台，围台上雕有龙凤，两边有栏杆，四方柱子上雕有狮子，头在栏杆的顶部，非常壮观。卯厅上挂有楹联，两边的厢房走廊的三根木柱子互相缠绕，围成一个转角。卯厅外面的圆门上挂着朝廷赐给王家的方匾。出朝门左边二十米处是一座大戏楼，戏楼两边是书楼，后朝门外还有两处戏台和一处鱼池，供家人游玩和唱小堂会用。再往前走三十米处是一个吊脚楼，侧面是粮仓，北面还有一个医馆和堆放药品和书籍的库房。庄园四周有花台十多座，种有蜡梅、红梅、桂花和兰草，朝门外还有梨树、桃树，春来繁花似锦。

南朝门外有一个碾米房，房里有一台直径约三米的米碾子，被牛拉着碾米，碾一场米大约需要四至五小时，出米三百五十斤左右，是当时西南地区最大的一台米碾子。北面的岩坎处立有一个石龙头，其尾部在南面的下阴沟处，看上去像一条巨龙包围着寿星庄，它实际上是寿星庄的排水系统，如遇暴雨或山洪，龙头就会吐水，很是壮观，水顺着龙身（下水沟）排走。整座庄园的排水系统如同一条巨大的卧龙，既恢宏大气又颇具实用价值，这应该是寿星庄建筑中的神来之笔。

出朝门往北走，最高处是一座三十八米高的碉楼，旁边还有两个小碉楼。有一个一人巷可直达碉楼，一人巷很神秘，弯弯曲曲设有十多道门，要是有外人进来，只要任意关一道门，就会迷路，走不出去。这条巷既可躲人，也可藏粮食，还防匪患。那条四至五米高的围墙上，昼夜有人巡逻，共有七个哨篷。哨篷与哨篷之间用敲梆子的方式传递信息，既报平安，也报匪情。烽火台可观各路要道，大碉楼打远处，小碉楼打近处，同时保护大碉楼。站在碉楼上放眼望去，四周视野开阔，古树参天。城墙外有一条驮马盐道直通江津白沙，繁华而兴旺。

如今的寿星庄早已面目全非，老房子摇摇欲坠，苦苦支撑，其余的全部坍塌或已拆除。从残存的房屋结构中，仍能看出当时的黑瓦白墙，窗棂雕花和门框石雕属早期的徽派建筑，同时又融入了重庆当地的建筑特色，如小瓦屋面、大出檐、木构架等，还有一点北方民居的味道，如屋内家具和挂件摆设。房层的建筑工艺略显粗糙，多为缮架结构板壁屋，全以泥土为建筑主料，由于泥土建筑抗风化能力不及石头，这或许也是寿星庄容易垮塌，没有会龙庄坚固耐磨的原因之一。

化龙桥传奇

母城渝中是藏龙卧虎之地，以龙和虎命名的地方不少，如化龙桥、虎头岩、龙隐路等，同时又是一块风水宝地。化龙桥背靠虎头岩，面朝嘉陵江，旧时因河床陡峭导致河水奔流至此惊涛拍岸，声震百里，河面急流飞舞宛若群龙戏水，江边有一条青石小路，路的一侧是一条小溪，溪水顺流至江，一座青石小桥横卧其间。此地风景如画，流传着许多美丽传说。

相传从西方远道而来一大一小两条恶龙，在嘉陵江畔化龙桥一带兴风作浪，祸害人间。普通百姓在恶龙面前毫无招架之力，唯有祈求神仙救命。神仙听到了百姓的祷告，往人间一看，确有其事，立马叫来了两位大神携斩龙刀、降龙剑与恶龙搏斗，另有元始天尊稳坐平顶山观战。战果必然是邪不压正，大龙隐于江边岩石下，于是有了龙隐路；小龙被天尊踩于砍下，于是有了小龙坎；大龙后又被缚龙链捆住，终年在山腰吐出泉水，因而为龙泉洞；免遭恶龙之祸的百姓便将自己居住的地方称为化龙桥。这是第一个传说。

在第二个传说中，古时的化龙桥一带有一条又宽又深的沟，沟里住着一条恶龙，专吃女婴，让人深恶痛绝，凡生女孩的人家只能远走他乡。俗话说，团结就是力量，后来大家商定了一个修桥镇恶龙的对策，于是大家齐心协力，连夜修起了一座青石桥，从此，恶龙再也不敢兴师作浪了，最后顺水遁走。这石桥有化凶为吉之功劳，人们就叫它化龙桥。

第三个传说中，明朝第二任皇帝朱允炆与叔父朱棣争夺皇权，落败出逃，隐居于南山建文峰。后为躲避追杀，一路奔波，在去往磁器口的途中险遭杀害，幸在那条青石桥上遇仙人相助，化身为龙才躲过一劫，因此，青石桥被称为化龙桥。

还有一种传说是每年的正月，此地都会举行龙灯赛会，十里八乡的戏班子都会来参赛，而赛完龙灯之后，便会统一集中到化龙桥，在此地将龙灯焚化送群龙上天归位，所以，"化龙"之名便与这座青石桥联系在一起流传至今。

传说终究是传说，历史上的化龙桥曾经也是红极一时的重庆水码头，与磁器口、朝天门齐名。中药材、水果、陶瓷等集散于此，也吸引了相当一部分工业、企业在此落户。1932年，在化龙桥的旧址上修建了重庆历史上第一座公路大桥，开启了重庆公路桥历史的新篇章。

2003年，在渝中区政府的引荐下，香港某集团看中了化龙桥这块"虎踞龙盘""人杰地灵"的风水宝地，投资200亿元在此打造"重庆天地"，经过十多年的建设，一个集高档写字楼、公寓、休闲娱乐、人工湖、湿地景观等多种功能于一体的现代化新型小区成功面世。

如今的化龙桥，桥下是否有龙已无从考证，但桥上的龙正腾飞！

铁拐李与会仙桥

母城渝中有一个叫会仙桥的地方，可能知道的人不多，但如果说会仙楼，老重庆人都知道，当年整个渝中半岛只有两幢醒目建筑，一个是解放碑，另一个就是位于解放碑东五百米左右的会仙楼。那是20世纪八九十年代重庆城最气派的大楼，它就是在会仙桥的旧址上修建起来的。

旧时的解放碑可没有现在这么繁华，运输主要走水路，有水就有桥，那时以桥命名的地方特别多，如一号桥、观音桥、童家桥、杨家桥、化龙桥、陈家桥、石坪桥等，特别有意思的是，有的地方名为桥却不见桥，如观音桥，即便是挖地三尺也找不到桥的身影，有的桥随着城市的发展失去了功用，有的纯属是取其吉祥之意，观音桥便属于后者。

旧时的桥基本上是修来跨越山涧溪流的，为行人行路方便，所以都不大，会仙桥就是跨在一条流向洪崖洞的小溪沟上的石拱桥。它小到上桥三步，下桥三步，不管怎么说，它总是一座桥，在光绪年间的重庆府治图中可查到。关于它的来历，民间还有一个美丽的传说：很久以前，嘉陵江边有一个渔郎，为人勤劳善良，以打鱼为生。渔郎打鱼的收入除了维持自己的生活，还经常拿出来接济遇到困难的人，自然没有余钱讨媳妇。

一天，有一个姑娘在河边洗衣，不慎掉进深水里。正巧渔郎经过，见有人落水，一个鱼跃钻入水中，把姑娘救了上来。渔郎救人后不声不响地回到自己的船上。以后渔郎每次上岸，都能和这个姑娘相见，久而久之，互相就心生了好感。

渔郎得知姑娘兰花与母亲相依为命，平常靠浆洗缝补为生，日子过得十分清苦，所以每天进城卖鱼时，都要拿一条鱼放到她洗衣服的地方。姑娘知道渔郎单身，无人照顾，也时常替渔郎浆洗、缝补衣服。

有一次，渔郎打了满满两大篓鱼。想着卖掉鱼之后就可以娶兰花过门了。哪知船靠岸就看见兰花在岸边哭泣，一问方知，兰花的母亲去世了，没钱安葬。渔郎本性善良，也不管自己娶亲的事了，安慰道："兰花，你别着急，你母亲的后事有我，先把后事办了，再来说其他。今天打到好些鱼，等我拿去卖掉后，就有钱去买寿衣回来做白事了。"说完就挑着鱼篓往城里赶。

渔郎怕鱼死了卖不起价，于是上气不接下气地赶到了这三步石梯的桥边，一看篓子，里面的鱼都翻了白眼，鱼一死，就卖不出去了，怎么拿钱给兰花母亲办后事？渔郎心一急，不禁大哭起来。

此时，桥对岸走过来一群人，看到渔郎在哭，都笑他。走在最后面的是个瘸子，只见他取下随身背的水袋，往鱼篓里洒了几滴水，然后说："你看你的鱼都活过来了，还不快点挑去卖了！"渔郎一看，鱼篓里的鱼果然全部又都活蹦乱跳起来。渔郎总算卖了鱼，办了兰花母亲的后事，最后也如愿与兰花结为连理。有人说渔郎遇到了八仙过桥，渔郎的仁义感动了神仙，铁拐李便使出了法术，让鱼起死回生，于是这座桥就被称作会仙桥。

可惜的是，民国时期为了扩建城区，会仙桥被拆掉了，现在真正见过会仙桥的重庆人已经很少了。不过后来在其旧址上修建的名噪重庆的"皇后餐厅"

是很多人都见过的，直到20世纪70年代，皇后餐厅被拆掉，旧址上又修了十五层高的会仙楼。而现在，在同样的地方，是三百多米高的环球金融中心大厦,简称WFC。

有人说在寸土寸金的解放碑，会仙楼那块地盘如此火爆是因有仙人相助，有的人不信，但会仙楼附近的生意人却坚信。

戏说通远门

不管是行走，还是坐车路过渝中区，我的目光总会在七星岗通远门的城墙遗址处停留片刻。那三组声势浩大，反映古战场筑城、守城、攻城的画面如舞台剧般伫立在我的面前，它无声地给人们讲述着这座高高耸起的城墙和铁扇般的城门的护城故事。我何不顺着这台历史大戏穿越一次，回到烽火硝烟的古战场呢？

在这幕剧正式拉开之前，我想还得从公元1259年，重庆另一座有名的城池——钓鱼城说起。想当年，如果没有钓鱼城凭借天险之势，拦阻了"上帝之鞭"蒙哥的铁骑，假设蒙哥先攻巴城，首战必将在通远门一线展开。这座看起来并不壮观的城门，居然是从前重庆城通往外界远方的唯一一条陆路要道，所以被命名为"通远"，正是因为这个缘故，通远门历来是兵家争夺之要地。

战无不胜的蒙古兵久攻不下钓鱼城，退回草原，通远门侥幸躲过了一劫。受此战役的启发，当时出任重庆知府的彭大雅，这个有远见的知府大力拓修城池，向北扩至嘉陵江边，向西扩至临江门、通远门一线，范围比从前江州城大了两倍，从而奠定了明清重庆古城的格局。如今我们看到的通远门城墙就是在那时扩建的。

　　站在通远门城楼上极目远望，城内城外一片繁荣，但过去，通远门城墙内外却是两个截然不同的世界。这座城墙是老重庆的分界线，城内因水码头而繁荣，是商铺林立的繁华世界：有五福宫领事巷的英国领事馆、法国领事馆、仁爱堂修道院以及现为渝中区人民政府所在地的德国领事馆，这些都是当时外国人云集之地。城墙外却是贫瘠的郊区，尽管当时的七星岗近在咫尺，如果你要去解放碑（民国时叫"督邮街"大什字），就得经过通远门这座城门，这就叫进城，"进城"一词一直延续至今。但随着时代的发展和老城的扩建，1929年，国民政府首任重庆市市长潘文华下令凿穿通远门，第一次改变了重庆老城的格局，六百年不破的通远门城墙在那一刻被轰然打通……

　　有城才有门，城之不存，门将焉附？从通远门被打通的那一刻起，传统意义上的城已经不复存在了。今天人们看到的城门只是一道象征性的城门，是六百多年来江洲城的一块"化石"。

　　在我的潜意识里，我一直觉得重庆有两座城，一座是属于年轻人的，它时尚新潮，如三月的阳光般蓬勃温暖；另一座是属于老重庆人的，它古朴而厚重，就像秋日里的一抹暖阳，温润如玉，那是重庆人永远都难以忘怀的一段记忆。

悲怆，海战

一个能深刻自省的民族，才是最有希望的民族。

八月下旬的东莞仍然炎热，虎门威远中心的炮台上，民族英雄关天培曾在此调兵遣将，坐镇指挥广东水师英勇抵抗英国侵略军。放眼望去，炮台临水贴浪，正控珠江主航道。与威远炮台遥相呼应的虎门大桥横跨珠江口岸，如长虹卧波横空出世，桥上天高云阔，桥下云樯帆影，一览无余。无法想象这风景如画的海面上曾经炮弹横飞，水幕冲天，硝烟弥漫。

最早看到这一悲壮场面是在一幅国画里，看到真实的威远炮台之雄姿是在电影《林则徐》中，但真正站在这里，抚摸那昂首岸边、傲视海面、视死如归的一门门古炮，一段关于中国近代海战史的记忆顿时涌上心头。

鸦片战争前夕，主张"师夷长技以制夷"的林则徐在视察海防，以防英军入侵时，接纳了邓廷桢、关天培的建议：将威远炮台与镇远、靖远两个炮台形成"品"字形排列修建，并与横档、永安、巩固等炮台共同构成鸦片战争时期虎门海防的第二重门户。炮台间系有铁链木桩，阻碍敌船行驶，炮台火力交织，控制海口。大虎炮台为第三重门户组织，这样就形成了三道防线。又在横档岛、武山之间的江西设置木排两排，大铁链三百七十二丈，号称"百丈铁链横锁大江"。在三百多米的海岸线上设炮台四十多座，这样的严密防守在当时可以说是金城汤池。的确，虎门威远炮台紧扼珠江咽喉，为中国南大门之海防要塞，在鸦片战争前夕，有"金锁铜关"之称和"南海长城"之誉；在鸦片战争中，屡拦英国侵略军的进犯。只可惜这些精密的布阵和高昂的斗志，最终却以琦善拱手媚敌，拆卸军防告败。以致十年后再次被英军摧毁，于是门户洞开。可以说威远炮台记录了一段中国近代史上屈辱的抗争：赤膊与长枪的决斗，大炮与土炮的对峙，体现了中华民族不屈不挠的反抗精神。一百多年后的今天，我们仍然可以感受到当年战争的惨烈和场面的震撼！

中午时分，我们一行人颇费周折地进入炮台的掩体阵地，宽大的石墩，低矮的甬道，青黑的土炮，斑驳的墙垛，颓废的枪眼，无一不在向我们展示着那个年代抗击入侵者的艰辛。掩体与台面上的四个露天炮位及暗炮洞后面的露天炮巷相通，炮巷后面还有一条护墙，墙上设有枪眼，炮台外围有官厅一座，神庙三间，兵房二十间，药局一座，原来炮台的东西两头各有夯顶城门一扇，控制着炮台两端唯一的通路。山顶、山腰、山脚均设有或明或暗的大小炮，整座炮台背山面海，内有广阔的平地回旋，结构严谨，险要壮观，大有一番誓与炮台共存亡之气概。

如今这座临海而建的炮台工事已被岁月洗褪颜色。一门门锈迹斑斑的大炮，一方方的炮眼，呈现在我们的面前，它们曾见证了那个时代英勇无畏的中国水勇们为了抗击外敌而付出鲜血与年轻生命的历史。

西少林寺

"日出嵩山坳，晨钟惊飞鸟。林间小溪水潺潺，坡上青青草。野果香，山花俏……"

耳熟能详的《牧羊曲》总会让人想起李连杰主演的电影《少林寺》。当年，少林功夫可是风靡全球。北少林寺在河南，南少林寺在福建，一南一北，一拳一腿，曾经享誉海内外。而今西少林寺在沉寂多年后，晨钟暮鼓再响，练武声声不绝，昔日雄威再现。

西少林寺又称四面山少林寺，它的前身就是双峰寺。寺内有碑文记载：该寺大约建于唐末，时人按照佛教禅宗祖庭少林寺的格局在此新建寺庙，时名"景德寺"，后改称双峰寺。明清时期，一度毁于兵乱和火灾，清康熙和光绪年间曾两度维修。据传，清嘉庆年间，少林寺僧人游方来此，传法授功，可见它与少林寺有深厚的历史文化渊源从规模和格局上看，它应该是继河南嵩山少林寺、福建泉州少林寺、天津少林寺后国内第四大少林禅宗寺院。

双峰寺前，有一道五百级巨型石板阶梯直通河岸边的留心石。这些石板均长一米二，宽七八十厘米，厚二十厘米，据说要想出家到寺内当和尚，就得背起这样一块石板，修上一级石梯，才能入寺受戒。

　　据悉，双峰寺最后一个住持刘兴华自幼失双亲，在双峰寺内做僧童，法号为月光，他苦修佛法，留下了弘善法德的种子。就在他做了住持后不久，解放战争结束了，依当时政策，寺僧解散，各自归家，月光无家可归，继续留在寺内，所以俗称幺和尚。后来，幺和尚参加了志愿军，在朝鲜战场上立功受奖，转业后继续守护双峰寺，为双峰寺做出了不容忽视的贡献。虽然幺和尚已去世多年，但他的仁慈佛心尚有口皆碑。而今，独守古双峰寺内侍奉香客的是一位古稀老妪，她就是幺和尚的遗孀。

　　据《江津县志》记载：明朝嘉靖年间，云南大户人家张积善在江津双峰寺求嗣，成功后取名为张宗载。二十四岁那年中了进士，官任江津知县。而民间传说就在张积善求嗣那晚梦见一僧人入室，告知张积善自己借助他转世。后来，张宗载到任江津便前往寺庙拜访，见堂前题诗一首："斗室年余忆昔曾，登山劲骨最凭凌。于今未入双峰顶，虚梦前身是苦僧。"明白自己乃僧人转世投胎，回到官府后，请求辞官回寺隐居，因其已有妻妾子女，皇上体恤，恩准双峰寺所有和尚可结婚生子。

　　就在张宗载出生的那一刻，寺内长老突然召集僧众聚于大殿之中，肃然说道："老衲功德已满，即将升天，升天后，吾体无须下葬，置于室内锁好即可。当寺内鼓不擂自鸣，钟不敲自响时，老衲会自行回寺处理遗体。"说完即圆寂。二十四年后，张宗载被委派到江津代理县官，下车伊始，便马不停蹄地视察辖邑。刚走到双峰寺山下，便听到钟鼓齐鸣。寺僧自知原长老之话应验，便以隆重的仪式迎接张宗载进寺。张宗载径直走到存放长老遗体的禅房，但见前世的自己红光满面，仿佛正在酣睡。随即，张宗载亲自将其火化，把骨灰放在一个瓦罐中，在附近的山丘上修建了一座塔，将骨灰罐置于塔顶。该塔一直存留到20世纪60年代，后被一顽皮的割草孩童给砸毁了。这个故事听起来虽然有些牵强附会，甚至有些天方夜谭，但世间万物因缘固在，张宗载的肉身附着长老的禅心与佛灵，总是被百姓拥戴和赞颂的。

如今，依托古双峰寺建造的四面山西少林寺，在完整保留双峰寺原貌的前提下，增加了天王殿、大雄宝殿、准提殿、藏经楼、文殊阁、普贤阁、观音阁、钟楼、鼓楼等建筑，泉州少林寺还派了众僧来管理事务。新建的少林寺占地八百亩，延伸保护区域近两千亩，跻身中国第四大少林禅宗寺院。沉寂多年的古刹——双峰寺与新建的少林寺相依相承，交相辉映，成为西南地区的一大佛教圣地。西少林寺在不久的将来必将名扬中外，那些被岁月尘封的记忆也将随着千年古刹的钟声，在香客的虔诚膜拜中再现中华武功的辉煌。

消失的城池

　　吉普车在鄂尔多斯高原南部僻远的荒漠上行驶，黄沙漫卷的苍凉与雄俊让这座城池披上了难以捉摸的色彩。统万城这是怎样一座城池呢？据史书中记载："崇台霄峙，秀阙云亭，千榭连隅，万阁接屏……玄栋镂榥，若腾虹之扬眉；飞檐舒㗊，似翔鹏之矫翼。"是个"美哉斯阜，临广泽而带清流。吾行地多矣，未有若斯之美"之地。可眼前到处都是荒丘，四周都是毛乌素沙地，汽车驶过，漫天的黄沙铺天盖地，足以遮挡太阳的光芒，待尘埃落定，又是一片寂静。

　　抬眼望去，统万城这座废城静静地躺在那里，它是我国东晋五胡十六国时期大夏国的都城，也是匈奴在尘世间留下的唯一一座城池遗址。一千多年过去了，悲壮的残壁和随处可见的瓦砾又给这座废城平添了几分神秘，让人们产生了无限的遐想。我顺着城墙往上爬，一段不长的沙棘路却让我攀爬得异常艰难，或许这座城池的历史厚重得令人难以想象。我站在城的中央，而这座城池却在我脚下被沙漠埋没了六至八米，目之所及处只有寥寥几处房顶，看不见街道，也看不见城的旧迹，如同湮没在黄沙中的楼兰古城。只有通过西南城墙上那依然高达三十余米的马面隔墩和延绵数十里的围墙遗迹，还可以想象出统万城曾经的辉煌以及匈奴人驰骋新疆、西行欧洲时的威慑力……

从历史上看，匈奴人属游牧民族，没有固定的居所，因此，匈奴民族不建都。据说公元413年，匈奴首领赫连勃勃出游到此见这里不仅水草肥美、景色宜人，而且是一块重要的战略要地，在感叹之余，命叱干阿利为将作大匠，偷偷摸摸地在沙漠中建立起这座怪城。后来，随着收复的地盘越来越多，在野心的驱使下，赫连勃勃又动用十万民众，用了六年多时间将其建为国都，取名统万城，意为统一天下，君临万邦。

整个城池由内城和外城组成，内城又分为东城和西城。西城为当时的内城，四面各开一门：南门叫"朝宋"，表现联宋抗魏和远交近攻的战略思想；东门叫"招魏"，是招降魏国的意思；西门叫"服凉"，意味证明凉、后凉、南凉、西凉、北凉政权。北门叫"平朔"，就是要平定河套以北地区。城垣外侧建马面，四隅角楼的台基用加宽作法。城内中部偏南有一处长方形宫殿建筑台基，东西垣相距五千米。

所谓"马面"，是指凸出于墙体外侧的一个墩台，因外观狭长如马面而得名。马面的使用是为了与城墙互为作用消除城下死角，据传说，负责修建城池的叱干阿利十分残暴，检验手段是用锥子插入土墙，扎进土墙的深度过寸，质量就不合格，建筑者就被杀，并将尸骨筑于墙体。时至今日，残存的三合土城墙依旧坚硬无比。

统万城竣工于公元418年，只可惜好景不长，六年后，因赫连勃勃废立太子之事，城内发生内讧，公元428年，北魏攻破统万城。但是，这座城市却并没有在这场战争中被毁灭，它只是被北魏皇帝降为了州城，定名为"夏州"。但到了公元994年，也就是北魏攻破统万城的五百多年后，其间不断有五胡的后裔进行骚扰，为了防止"死灰复燃"，于是，宋太宗下令毁城，销毁匈奴的基地，这座"旷世之作"，固若金汤的城池就这样被毁了。

从此，朔方大漠上这座辉煌灿烂的城池在荒无人烟，黄沙肆虐的情况下，在地球上隐匿了数百年，直到清道光二十五年，西北史地理专家拿着罗盘定位，才在浩瀚的沙漠中找到了失踪八百五十年的统万城，但匈奴这个民族早已消失在历史的长河中。

然而，即便城池被毁，但匈奴之魂未灭。如今越来越多的学者认为匈牙利人是匈奴后裔，匈牙利人与欧洲其他地方人的长相有明显的区别，很多匈牙利民歌与陕北、内蒙古的民歌在调上是一样的，他们说话的口音与陕北口音相似，吹唢呐和剪纸的习俗和中国陕北相同，就连他们的国菜"土豆烧牛肉"也充满陕北味，种种迹象表明匈牙利与匈奴人之间有着千丝万缕的联系。其实，最早承认自己身份的是匈牙利诗人裴多菲，他曾经在一首诗中这样写道："我们那遥远的祖先，你们是怎么从亚洲走过漫长的道路，来到多瑙河边建立起国家的？"

在我看来，谁是谁的后裔并不重要。在人类的历史长河中，真正能够征服匈奴人的并不是战争，也不是统治者，而是岁月和自然。

黑城！黑城

黑城的名字听上去有些神秘，甚至带有几分恐怖。去黑城的那天，一大早黑云压城，站在荒凉的城中央，有种逃不出去的绝望。

黑城是一座废城，它坐落在内蒙古额济纳旗一片视野开阔的戈壁上，由于沙化，整个村庄如同消失在沙漠中的楼兰古城。萧瑟的秋风卷着白茫茫的沙尘从四面八方袭来，让这座荒无人烟的村庄更加凄凉。

这里空旷得令人抓狂，数十里之外一览无遗；这里看不见绿色，白晃晃的细沙光滑得像飘起的银缎，此起彼伏。偶有路人走过，沙漠上会留下一串串清晰的足印，一阵风沙吹过，足印便消失得无影无踪。抬眼望去，西北角下有一座高矗的佛塔，在空旷的戈壁上显得格外引人注目——它仿佛在向世人证明一千多年前这里是古丝绸之路北线上一座规模宏伟、繁华的商业核心重镇，这里曾经也车水马龙、街道繁华、秩序井然，城内曾经有官署、佛寺、民居、府邸等。这里还埋藏着许多珠宝和比珠宝更有价值的西夏文明。

究竟是什么力量促使黑城衰亡？是内力的损耗还是不可抵御的外力的侵略？我试图从荒漠中找到一些佐证，于是向佛塔走去……没想到，这一段不长的沙坡地进行得非常艰难，或许，黑城的历史如同我的步伐，蹒跚而凝重。

　　这里没有水，以黑城为中心，方圆二十里内都钻不出地下水，当地人说这是巫师的咒语所至：据说曾经有一个驻守在这里的将军，叫哈尔巴特尔，哈在蒙语里面是黑的意思，巴特尔翻译过来是英雄的意思，于是大家便叫他黑英雄或者黑将军。黑将军是一个特别骁勇善战之人，皇帝特别赏识他，屡立战功之后便给他了很多的奖赏，最后竟将自己的小女儿也许配给他。当黑将军羽翼渐丰后，野心也渐渐变强，甚至想取代皇帝。这件事情被皇帝的小女儿知道后，立刻告诉了她的父皇，皇上听后震怒，派数万大军前去黑城围攻。可数日之后仍久攻不下，于是皇帝请来巫师，巫师算卦之后说是因为城高水低，下面是由护城河围绕而成的，要想攻下黑城首要的任务就是截断黑城的水流，随即巫师便在上游念了一段咒语，并让士兵的头盔装上沙子，并称此举堵住上游的水。不几日，只见黑城内人畜饥渴，近城的禾苗枯萎。黑将军命令士兵在城内掘井，直挖到八十丈深还是不出水。在这饥渴难忍、万般无奈的情形之下，黑将军只得下令突围。

　　临行前，他把全城的金银财宝投入枯井中，又对自己的两个孩子说："你们去做财宝的主人吧！"说完便将一双儿女推了下去，埋入深井。又令士兵连夜凿通北部城墙，从凿出的洞口出城后便一直和皇上派来的人沿途厮杀，最后在黑城后面的胡杨林中兵败身亡。

　　经多方寻找，最终，我在北部的一个城角找到了当年黑将军出逃的那个洞口，洞口前方是那片胡杨林，它们因缺水而枯萎、倒下，如今只剩一具具尸体，看上去就像一个惨烈的古战场，千百年来这些树死而不倒，倒而不腐，就成了我们今天看上去的怪树林。有人说怪树林倒伏的方向就是黑将军他们想冲出黑城的方向，因此，有人说怪树林是黑将军及众将士的亡灵所在。后人为了纪念哈尔巴特尔将军，就将这座城取名为黑城。传说每当风雨雷霆之后，黑城会出现一青一白两条长蛇，那是被黑将军葬于井中的儿女化身。如今即使着急赶路也没有人愿意在这里扎营，天黑前一定要过黑城。

或许，正是黑城藏宝的传说引来了国外的"探险队"，其中一个叫科兹洛夫的俄国人，他使黑城真正遭受了灭顶之灾。在1907年，他曾先后率队几次潜入黑城进行大肆盗掘，虽未找到传说中的宝藏，却发现了更为珍贵的西夏和元代的文物，他在黑城所盗掘的文物珍宝，征用了上百峰骆驼才得以运走。这一重大的考古发现和掠夺行径轰动了考古界和史学界，同时也吸引了更多的人来黑城疯狂挖掘，他们挖掘走了许多精湛的工艺品，并将带不走的文物进行了毁灭性的破坏，被盗掘的一部分珍贵文物至今还保留在列宁·格勒博物馆里。

在茫茫的沙漠中，我找到了那口当年藏宝的井。据说当年黑将军就是将财宝和一双儿女埋此井之中，后被寻宝者多次挖掘，可始终没有找到当年埋藏的宝贝。抬头看漫延的黄沙已经快要吞噬佛塔，斑驳的外表显示出已久的年轮，过往已不复存在，只有这茫茫的大漠见证着曾经的悲欢。

作为旅游者，我对这片"大漠荒烟"的喜爱完全是出于对塞外风光的迷恋和对华夏文明的膜拜。但愿这大漠荒烟能够警醒世人，还有我们的华夏文明，还有多少消失在一双双盗掘者的皮靴下。

国之瑰宝——东阳木雕

　　木雕之乡的浙江东阳是我非常期待寻访的一个城市。我的祖上是三百年前"湖广填四川"的移民，至今在重庆这座城市里，许多古老建筑艺术中还存有徽派建筑的遗风；20世纪三四十年代，我的外祖父是重庆非常有名的民间木雕手艺人，因此，我的这次寻访就多了几分寻根的意味。

　　东阳木雕为中国四大木雕流派之一，与黄杨木雕、青田石雕、瓯塑合称浙江"三雕一塑"。相传早在一千多年前，东阳人就开启了其木雕的历史，他们世代相传，创造了众多的千古佳作，造就了一批优秀的木雕艺人。东阳木雕是以平面浮雕为主的雕刻艺术。通过其多层次浮雕、散点透视构图、保留平面的装饰，从而形成了自己鲜明的特色。因色泽清淡，保留原木天然纹理色泽，格调高雅，又称"白木雕"。东阳木雕至今已有千余年的历史，是中华民族最优秀的民间艺术之一，北京故宫及苏、杭等地，都有精美的东阳木雕留世，被誉为"国之瑰宝"，而东阳则成为著名的"雕花之乡"。

　　东阳木雕始于唐而盛于明清，据东阳《康熙新志》载：唐太和年间，东阳冯高楼村的冯宿、冯定两兄弟分任吏部尚书和工部尚书，其宅院有"高楼画栏耀人目，其下步廊几半里"的描述。可见，东阳木雕早在唐太和年间就已闻名全国。在浙江一带的古老建筑中，其屋梁柱上通常有两条鱼头相对的木雕，看上去喜庆又吉利，外乡人对浙江祖先的这一大发明赞不绝口。

传统的东阳木雕属于装饰性雕刻，以平面浮雕为主，有薄浮雕、浅浮雕、深浮雕、高浮雕、多层叠雕、透空双面雕、锯空雕、满地雕、彩木镶嵌雕、圆木浮雕等类型，层次丰富而又不失平面装饰的基本特点，以其高雅的白木雕凿，不施深色漆，不加彩绘，再用透明的清漆涂罩，原汁原味地保留了白木的天然本色，深受世人的赞誉。在东阳，我们感受到的是古老的徽派建筑，在椴木、白桃木、香樟木、银杏木等实木上，清新自然地雕刻艺术，在欣赏无画雕刻与图稿设计雕刻的同时，深感这一国之瑰宝的伟大！

明清时期，人们对传承这一瑰宝的匠人给予了极高的赞誉，称他们是"雕花皇帝""雕花宰相""雕花状元"，他们分别是杜云松、黄紫金、楼水明，人称"三杰"。其传统风格有"雕花体""古老体"，流派的划分也更为细致，有"微体""京体""画工体"。这些流派将人、物景、层次及故事性雕刻到了出神入化的地步，明清建筑紫禁城中的很多雕刻饰品就出自东阳匠人之手。据红木家具品牌"大清御品"董事长张跃平先生介绍，当年（清代乾隆年间）他祖父随四百名能工巧匠进京修缮宫殿，随后又被选进宫做宫灯、龙床、龙椅、案几等，后来他们这帮人回到民间雕刻花床、箱柜等家具用品，慢慢地将木雕工艺融入现代家具的装饰之中。从那时起东阳木雕就广泛运用于建筑和家具装饰，并形成了整套的技艺和完善的风格。

如今，听说在东阳民间还可以寻找到明清时代的制品，于是我们在东阳四处寻访，最终在当地人的指点下，我们如愿以偿地寻找到了一个叫作"民间故宫"的建筑群——卢宅，卢宅是一个在江南久负盛名的明清古建筑群，它集建筑雕刻与家具雕刻为一体，是东阳雕刻艺术之精华，让人大开眼界。除此之外，东阳木雕在北京人民大会堂浙江厅、中南海紫光阁、外交部、故宫博物院、山东刘公岛、杭州雷峰塔、中国财税博物馆、上海玉佛寺、杭州楼外楼等高级场所都有所展示，从框架结构到边纹花饰的处理，处处洋溢着装饰之美。

　　然而，如今在江浙一带的民宅建筑中已经很难看到雕梁画栋的装饰建筑了，取而代之的是现代化的高楼大厦。当传统木雕不再用来装饰现代建筑，东阳木雕娴熟而精湛的手工技艺、巧妙而灵动的构思和丰富的传统内涵便失去了赖以生存的环境，衰落也就成了必然。好在如今的东阳人，面对已经失去半壁江山的东阳木雕，他们开始了反思、抢救和保护，并将这一国之瑰宝列入国家级非物质文化遗产首批保护项目。

　　我们在东阳看到了许多雕刻艺术在红木家具上的继承和运用，十分欣慰。在"东阳中国木雕城"展示的一件黑黄檀《百鸟朝凤》屏风上的雕刻工艺，让我印象深刻。"百鸟朝凤"其文化内涵十分丰富。在中国古代，凤是用来比喻帝皇的，后来演变成龙代表帝皇而凤代表帝后，但无论是前者还是后者凤均象征皇室。因此"百鸟朝凤"泛喻君主圣明、河晏海清、天下归附，亦可用来表达人们对太平盛世的无限期盼。气氛热烈、异彩纷呈的《百鸟朝凤》图，实际上就是中华民族向往和平与祈福的传统心态写照。屏风在过去用于宫廷或王府正堂内的显著位置，有美化、分隔、挡风、协调的作用。从风水学上讲，屏风有挡暗箭挡煞气，同时又使屋里的财气不易跑出去的功能，加上中国人有含而不露、财不露白，不想让人一眼看透的习惯，屏风就从心理上起到了隐藏、遮掩的作用。这扇屏风是当地五位大师傅花了近三年的时间双面雕刻完成，其正面为深雕，深度达四厘米，反面为浮雕，雕刻的内容栩栩如生地展现了仙乐缥缈、国色天香、瑞气千条、霞光万道之神韵，有一种国泰民安的感觉，它是东阳众多中式古典家具装饰艺术中的代表作。

　　就装饰性雕刻而言，木雕以家具为载体，融入家具而提升实用价值；家具则以木雕装饰而更增添艺术含量。当古老的东阳木雕艺术融入现代的红木家具中，传统与现代的结合便为徽派建筑艺术注入了新的生命力！

民间"故宫"：卢宅

  闻名遐迩的卢宅明清古建筑群（以下简称卢宅）本不在我们这次出访的计划之内，到了浙江东阳之后，我们下榻的宾馆离卢宅不到十分钟的步程，我从小痴迷于古建筑，喜欢"粉墙黛瓦马头墙，石库台门四合房。碧纱隔扇船篷顶，镂空牛腿浮雕廊"式的明清古建筑。在我的再三央求下，行程作了临时调整，我们用了一天的时间专程参观了名列中国十二大古民居之林，被国内外专家誉为"具有国际水平的文化遗产""天然的雕刻艺术博物馆"、东方住宅中最为璀璨夺目的艺术瑰宝的民间故宫——卢宅。

  走近这座古建筑群，首先映入我眼帘的是矗立着的"风纪世家""大方伯""旌表贞节之门"三座石牌坊，以及"大夫第"砖牌坊，看上去气势非凡。从门前众多牌坊便可推断，这是一处世代为官的家族式聚居地。再往前走有鹅卵石铺设的三转二折、长达120米成反"Z"字形的甬道，这条甬道非常宽阔，走过甬道才能见到卢宅这座院落的真面目。卢宅主体建筑前后九进，依次建有头门、仪门、肃雍堂大厅、肃雍堂后堂、乐寿堂、世雍堂门楼、世雍堂、世雍堂中堂、世雍堂后楼，纵深长度竟然达到300多米，共有厅堂楼层115间，占地6470平方米，建筑面积3668米。整个卢宅布局以大宗祠堂为中心，建筑群纵深布置，轴线分明，气势轩昂，鳞次栉比，蔚为壮观。园林亭台错落有致，点缀其中。25座牌坊矗立村东和村西，标榜功名，褒奖忠孝节义。整个建筑群落古朴典雅、宽敞秀丽，显示出以血缘关系为纽带的宗族聚居结构，反映出东阳木雕在卢宅中浓郁的地方特色和封建士大夫传统风水意识的典型厅堂宅第。

由此可见，这是自明至清，富甲一方的一个典型的名门望族——雅溪卢氏。据载，雅溪卢氏源出周姜子牙（吕尚），之后以食采于卢而得姓。卢氏自宋代定居于此，世代聚族而居，从明永乐十九年卢睿成进士起，到清代科第不绝，仅进士及第、乡士中举、置身仕宦就有两百多人，诗礼传家，衣冠奕叶。其中卢仲佃、卢洪珪官至封疆大吏布政使。因此，卢氏位高权重，代代豪爵，地位显赫，自然是富甲一方。陆续兴建了许多座规模宏大的宅第，形成了一个较完整的明清住宅建筑群，也是典型的封建家族聚居点。

走在东阳的大街上，我随手翻看一份旅游宣传册，上面有这样一句广告词："北有故宫，南有卢宅。"当时我觉得很夸张。

走进卢宅后，除青灰色的砖瓦墙和北京故宫的红墙绿瓦有很大的不同，以及规模没有那么大和金碧辉煌外，单从整体布局上看，它的格局的确和故宫相仿。整个纵轴线有九进，长度竟然达到320米。在中国只有故宫和孔庙有这样的结构，卢宅可以说集国内民宅之神韵，具北京皇城之理念，是国内唯一拥有九进纵深的古民居，堪称江南民宅之首，空间序列与北京故宫极为相似。

另外，从雕刻上看卢宅的木雕和石雕及砖雕等是非常值得称赞的。装饰风格由简朴演变为华丽，木雕施于构架、门窗、顶棚等部位；石雕施于墙梁、门洞、门框、外窗、柱础、明沟等部位；砖雕施于院墙、马头、墙源、转角等部位；泥塑施于檐口、屋脊等部位。真正独具异彩的是木雕装饰，走进昔日的豪门，精美的木雕艺术品随处可见，无论是四周的摆设还是镶嵌在墙上、柱子上的无一不是精妙绝伦。建筑构件如斗、拱、梁、门、窗，还是室内家具，每一款木雕，均巧构细镂，寓意丰富。木雕装饰与石雕、泥雕、壁画的有机结合，构成东阳民居建筑的特殊风格，从中延伸出的道德礼仪，潜移默化地影响着卢氏后人，才有了这个家族二十多代的鼎盛。据《肃雍堂记》记载："肃，肃敬也，礼之所以立也；雍，雍和也，乐之所由生也。"卢氏自古重儒学、尊礼教、兴书院，是尊师重道、诗礼传家的书香门第。电影《鸦片战争》《雍正王朝》《海瑞罢官》《人间四月天》《天下粮仓》《洪湖赤卫队》等的内景拍摄就是在卢宅。

夜深了，当我不舍地在电脑上敲完最后一个字时，脑海里想起了浙江本地作家、诗人黄亚洲的一首现代诗，我想把它作为这次行程的结语：

不经意间，姜太公

钓起一幢豪宅

于浙江东阳

这是一次出乎意料的垂钓

其吊绳

有两千年之长

卢姓人氏是姜子牙后裔

姜子牙后裔并不想建造故宫

但是随着最后一张青瓦

叮当合上

他们愕然发现，自己

已成了民间的帝王

襄阳寻诸葛

从湖南张家界下山往北走，路过湖北襄阳城，我提议去诸葛亮的躬耕地看看。在我的印象中，一部一百二十回的《三国演义》，就有三十二回发生在襄阳。隆中是刘备三顾茅庐之地，著名的"隆中对"就发生在这里。这里有三国时期的古战场，其中名气较大的有凤林关、古隆中、水淹七军、大意失荆州等。我想去看三国古时的火烧博望坡、火烧新野。想当年，这两场大火可是将曹操烧得胆战心惊，溃不成军。我还想看看究竟是何方圣地，孕育出诸葛亮这么个千古名相，于是开启了本次襄阳之旅。

天刚亮我们就从市区出发，GPS定位古隆中风景区，吉普车长驱直入，仅五十分钟就到了景区大门。一块"古隆中"石牌坊兀立眼前，这是隆中的标志，它建于清朝光绪十九年，上面雕刻着山水人物、花鸟鱼虫等。放眼四周，此地山不高而秀雅，水不深而澄清，地不广而平坦，林不大而茂盛，还真是块物华天宝、人杰地灵之地。一片微波粼粼的湖让隆中温润而灵动，有风水先生说此湖是聚宝湖，有了它隆中才出了一条卧龙，才成为风水宝地。小径上绿树成荫，遮天蔽日，一股迷人的松木香使人神清气爽，难怪一代伟人会在这里隐居十年。听，知了叫醒了寂静的山林，一缕暖阳透过密林洒下金光，游人从四面八方而来。顺着湖边外的那条小路走，前方有一只驮着一块大石碑的乌龟在此逗留，它是否是留恋此地的景色所以不愿意离去呢？答案应该是肯定的。山脚还有一个老龙洞，洞口看似卧着一条见首不见尾的石龙，泉水几千年不枯竭，当地人说这条卧着的石龙是孔明变的，是它吐出泉水滋养着这片曾经养育过他的土地。这个传说看似荒诞，也反映出人们对诸葛亮的尊崇到了神话的地步。

隆中最有名的还是草庐，也就是刘备三顾茅庐的地方，此地才是我真正的造访之地。不难找，一块指示牌就将我带了去。未出茅庐，已知天下三分的草庐也叫"三顾堂"。踏进草庐，诸葛亮的塑像栩栩如生，好似他正运筹帷幄，决胜千里之外。墙上是"桃园三结义""三英战吕布"的壁画，一把张飞的丈八蛇矛和关羽的青龙偃月刀架于门外，我仿佛看到他们驰骋沙场立下赫赫战功的雄姿。刘备的江山是从这里开始的，可以说有了三顾茅庐才有了诸葛亮的出山，才有了三分天下的政策，才有了三足鼎立的局势。诸葛亮因为有了刘备的三顾茅庐，心中的宏韬大略得以施展。

就在这间不大的草堂内，诸葛亮为刘备分析了天下的形势：曹操不可取，孙权也不可取，最后提出了先取较弱的荆州，再取益州，成鼎足之势，继而夺取中原的战略构想，这就是著名的"隆中对"。诸葛亮跟随刘备后，就是以"隆中对"的策略来取得地盘，建立蜀国的。可以说没有诸葛亮就没有刘备的江山，没有刘备也就没有诸葛亮的出山，没有刘备也就没有诸葛亮施展才华的舞台，而诸葛亮为报刘备的知遇之恩为其殚精竭虑、忠心耿耿更是成为千古美谈。他在刘备危难时出现，并为刘备化险为夷。为刘备他联盟东吴，羽扇纶巾于谈笑间；为刘备他舌战诸侯为其谋得了生机一线；为刘备他借得东风将曹军八十三万大军烧得灰飞烟灭；为刘备他以匡扶幼主、"复兴汉室"为己任；为刘备他临终之时还写下了出师表，表明了自己一生的夙愿。

历代对诸葛亮的评价甚高，称诸葛亮是三国时期杰出的政治家、军事家、散文家、书法家和发明家。他曾发明木牛流马、孔明灯，并改造连弩，可一弩十矢俱发。火烧赤壁、七擒孟获、六出祁山等战役。其实，真正厉害的还是他妻子黄月英，人称阿丑。阿丑头巾上的"三分相图"就是三足鼎立的雏形，"隆中对"的基本主张也是由此而来的。阿丑还有一件宝就是鹅毛扇，上面藏着攻城略地、治国安邦之计，诸葛亮娶了阿丑之后鹅毛扇从不离手；无论是六出祁山，还是草船借箭、空城计等生死存亡之际，他总是轻摇羽扇。如果说诸葛亮功绩显赫，那么阿丑功劳卓著。

在茅庐堂屋，我望着诸葛亮和刘备商议对策的蜡像，想起了民间戏说"刘备的江山是哭出来的"。这话我赞同！看看刘备为江山是怎么哭的，失徐州，投袁绍，附刘表，多少挫折，刘备没有哭，可见其坚强，唯有得人心时，刘备那泪随叫随到。即使这样的眼泪不完全真实，有很大的表演痕迹，但也算是"以人为本"了。刘备最有名的四哭：一哭借荆州、二哭出仁义、三哭当皇帝、四哭扼诸葛。正是这哭才有了诸葛亮、关羽、赵云等将士的赤胆忠心。对于刘备来说，哭是一种艺术，也是一种诚意，更是一种笼络人心的高招。这高招还表现在三顾茅庐上，我们不妨看看三顾茅庐的经过：第一次诸葛亮得知刘备要来拜访他，故意躲开，刘备扑了个空，跟刘备一起去的关羽、张飞都感到不耐烦，但是刘备却记住徐庶的话，耐着性子去请，一次见不到，第二次再去；两次不见，第三次又去请。第三次诸葛亮终于被刘备感动了，就在自己的草屋接待了刘备。

从"三顾堂"出来，顺山而上，奔向隆中的最高建筑——腾龙阁。站在阁顶，张开双臂放眼望去，有种"我欲乘风归去"的感觉。沿着廊道缓缓前行，不觉间便来到诸葛亮的"躬耕陇亩"。尽管诸葛亮的灵与肉早已化为清风明月，但如今湖北的襄阳和河南的南阳争诸葛亮的躬耕地多年，史学界至今无定论，几乎成了疑案。那么，我眼前这块梯田，是否是彼时的陇亩？我不知道。其实，在我看来，诸葛亮无论躬耕何处，无论是眼前这块不足一亩的小梯田，还有南阳那半亩熟土，都不重要，重要的是滔滔汉水养育了他。

返回时，路过一购物店，一块题有《诫子书》的镇书尺吸引了我，内容是："夫君子之行，静以修身，俭以养德。非淡泊无以明志，非宁静无以致远。夫学须静也，才须学也，非学无以广才，非志无以成学。淫慢则不能励精，险躁则不能治性。年与时驰，意与日去，遂成枯落，多不接世，悲守穷庐，将复何及！"是的，君子的行为操守，从宁静中提高自身的修养，以节俭来培养自己的品德；人的才干源于学习，淡于名利。我想把它作为家训，这是我在襄阳寻诸葛的最大收获。

游访浑漆斋

建筑是凝固的音乐。

——歌德

山西平遥被称为"保存最为完好的四大古城"之一，也是我国仅有的以整座古城申报世界文化遗产而获得成功的两座古城市之一。距今已有2700多年的历史，在康熙四十三年间因皇帝西巡路经平遥，而筑了四面大城墙，使城池更加壮观。城墙总周长6163米，墙高约12米，把面积约2.25平方公里的平遥县城分为两个风格迥异的世界。

自古以来平遥就是以商业闻名的，如今这些商业化的运作不过是继承了他们老祖宗的经商传统罢了。还好，今天的平遥古城依旧不失它应有的文化内涵。攀上高高的古城墙俯瞰整个古城全貌后，听取了当地人的建议，游访了浑漆斋。

葫芦街的浑漆斋是一个富有山西特色的四合院，也是主流晋商大院的一个缩影。也许因为是私人领地，所以没有被列入平遥古城的旅游套票范围内，正因为如此，游客稀少，与院外的喧闹截然不同，这里显得幽静而冷清。但院内明代的建筑风格、精美的雕刻、考究的细节正合我意，于是流连其间。有400

多年历史原为日升昌票号的漆斋大院，本是冀玉刚祖业，继为外经贸部长雷仁民旧居，现为平遥推光漆器工艺美术大师耿保国先生的住宅，是平遥现存规模最大、历史最长、保存最完整的古民居建筑群之一，以"外雄内秀"的建筑特色著称。我想从此宅的建筑概貌入手，窥视平遥民居的居住环境、宅院布局、建造工艺、雕刻饰品、彩绘艺术及生活方式。

古宅正门上五个"吉"字，我想不外乎是表达吉祥、吉利、吉瑞、吉庆和吉福之类的吉祥语，彰显出传统民俗的大宅身份。据说"浑漆斋"的名字是请余秋雨题写的。再细看，五个吉字上方是一个模仿西洋的钟面，但没有指针，也许主人在建楼时，用西洋的钟表做摆设。

大门两侧有拴马柱和上马石，一看便知这是个大户人家。上马石侧面看呈"L"型，两步台阶，门的左右两侧各有一块，一块是供主人出行时上马用的，另一块是供主人归来时下马用的。虽然一上一下，但都叫上马石。如今，这拴马的铁环已锈迹斑斑，这是现代与历史碰撞的痕迹，说明远去的历史不可复返。

从小巷进入宅门要穿过深深的门道，才能进入一进院。院的宅门上方建有看家楼，是家丁居住的地方。再往里走是二门，它是四合院中装饰得最华丽的一道门，也是由外院进到正院的分界门，它的作用相当于屏障，所以也叫"屏门"。除去家族中有重大的仪式，如婚丧嫁娶，屏门一年四季都是关着的，家人进出二门走屏门旁边的侧门，这一风俗习惯同南方的大宅院相似。但同年代的作品比南方保存得好多了。门楣上的木雕精美绝伦。在门口的石雕上趴着招财的金蟾，据说这并非普通蟾蜍，它只有三只脚，与四条腿的蟾蜍不同，据说它很会吐钱，所以被当作旺财瑞兽。墙上还有一尊做得非常精致的土地龛，是供奉土地神的地方，这种供奉的神龛在山西等地的民居中非常普遍，在他们看来，土地是神灵。在这里，我看到题有"庙小神通大，只管一家人""家中平安"之类的对联或吉语，这和长江以南如深圳等地的土地龛有些不同，那里喜欢写"门官土地之神位"，上联"六兴岁来福"，下联"土旺地生财"之类，地域的不同，表现形式也有所不同，但求财保平安的愿望是一致的。再往里面走，二门是歇山式门楼，门楼上有博风板装饰，整个宅院建筑保存非常完好，有三进主院落和偏院，二进院有西厢房，站在三进院的最高处可俯瞰整个大院。

在三进院可以看出在传统的四合院中北房南向是正房，房屋的开间进深都很大，台基较高，多为长辈居住，东西厢房开间进深较小，台基也较矮，常为晚辈居住。于是我向庭院深深的北房走去。抬眼，精美的雕花雀替、牛脚、镂空处的女儿墙，无一不在向世人述说它曾经的庄严和富裕。推开门只见一长者在饮茶，他就是浑漆斋如今的主人平遥推光漆器工艺美术大师耿保国先生，当我们说明来意后，耿先生接受了我们的简短采访并带我们参观了他的部分漆器作品。我们离开时，耿先生还主动用我的手机将他墙上的漆艺绘画作品——猫，拍下送给我做纪念。

此院1994年被耿保国先生以150万元人民币收购，并将此地兼作漆艺工作室及展厅所用，现该院市场价格上升到2000万元人民币以上。作为私人住宅，我很佩服一介清苦画生耿保国先生当初购宅的胆量和魄力，他将半生绘画的全部家当兑换成这座古老的宅院——七十二间房屋，当时有人笑他购这些"黑窟窿套着的黑窟窿，缺胳膊连着的缺胳膊"的旧屋。但最终他用敏锐的目光瞅出爬满蜘蛛网的文物，用智慧推出尘埃遮挡的文化，如今他用工笔写意绘出晋宅的蓝本。

泰皇宫与九世皇

泰皇宫又叫大皇宫，就是泰国皇帝居住的地方，但建筑风格与我国故乡不像，设计理念也不同。它是十八世纪中叶（暹罗）时期仿照故都大城旧皇宫建造的，后经历代君王扩建，终于建成现在这座规模宏大的皇宫建筑群。

这座坐落于湄南河东岸，成为曼谷乃至泰国标志的泰皇宫，给我的感觉是奢华之至，用黄金镶嵌的皇宫从东向西一字排开，绿色瓷砖做屋脊、紫红色琉璃瓦为屋顶，更有凤头飞檐。它主要由几座宫殿和著名的玉佛寺建筑群组成。这里汇聚了泰国建筑、绘画、雕刻的精粹。寺内有壁画长廊，绘有印度古典文学《罗摩衍那》史诗为题材的精美彩色连环画178幅，并附有泰文译诗。我还在玉佛寺内的几块大瓷屏风上看到了彩绘的《三国演义》。整个宫殿既有鲜明的暹罗建筑艺术特点，也有西式佛塔式尖顶建筑的风格，同时融入中国的文化元素。

皇宫四周筑有高大的白色宫墙，身穿白色礼服的皇家卫队骑着马扛着抢日夜守护，看上去威武而帅气，尽显皇家之威仪。皇宫有六个门，每个门都配有一对高大的夜叉，它是泰国的守门神。夜叉分男女，女的叫母夜叉，男左女右。左边是舍利塔，放释迦牟尼佛。第二台藏金楼里面藏有黄金打造的一本金书，叫《金刚金》。右边第三个塔叫本朝纪念塔，有皇帝的头像供奉在里面，一年只开放四天。

因在国丧期间，皇宫内有两种同金碧辉煌的皇宫很不协调的颜色——黑和白。九世王普密蓬·阿杜德陛下的遗体供奉在大皇宫里面，每天有老百姓排着长队去瞻仰，很多人穿着黑色衣服坐在那里守灵。此时泰皇已过世两百多天了，遗体还没有火化。

泰国人一年要过两次父亲节，一次是为生他们的父亲，另外一次就是泰皇的生日（12月5日）。在老百姓的心中，国王是他们的守护神。在国王病危时，国人都会拿着蜡烛、照片为国王祈福。泰国的电影院播放国歌时，老一辈的人会站起来对国王致敬。2016年10月13日泰皇去世，全国人穿着黑色和黄色的衣服，跪迎泰皇的遗体回宫。我们去时仍然在广场、商场等公共场所看到供奉着的九世皇的照片。

九世皇一生只娶了一个老婆，称得上是泰国男人的榜样。养育了三女一男，老百姓比较喜欢二公主诗琳通。她在中国留过学，能写一手很好的毛笔字，中文很流利，六十多岁了，一直未嫁。

九世皇普密蓬去世后，他的儿子玛哈·哇集拉隆功继位，但必须在九世皇逝世一年火化后才能登基，目前民众对十世皇寄予厚望。

泰国是一个君主立法的国家，参观皇宫者在着装上有非常严格的要求，女性穿乞丐服、短裤、长裤都不得入内，必须穿过膝的长裙，不能携带手机和墨镜。进入寺庙如玉佛寺等，脱帽脱鞋，以示尊崇。在君主立法的国家，特别是皇帝还在世的国家，供人参观的皇宫不多，拉玛王室从一世到八世都居住在这里，但自从九世皇的父亲在皇宫里面中弹身亡后，九世皇就搬到另外的行宫居住。守护大皇宫需要庞大的资金，皇家每年要拿出一大笔钱养八九万人的皇家卫队，还有皇室大家族的花销，还要拿出一大笔钱用于民生，改善医疗、教育等。于是，九世皇将皇宫开放，一方面缓解皇家的财政压力，另一方面让世界在了解泰国宫廷文化的同时，也将泰国的本土文化、佛教文化同全世界进行交流，促进泰国经济的发展。

在大皇宫里面所有的宫墙看上去都是金光闪闪的，像是贴的黄金，其实用手摸到的地方贴的是玻璃，触摸不到的地方贴的才是真金。据说以前皇宫里面的四宫八墙全部是真金，刚开始来这里面参观的人偷走了一些手能触及的黄金，晚上皇家卫队巡逻时发现，用电筒光所射之处看不到金碧辉煌的反光，而是一个个黑洞，赶紧将此事禀报泰皇，于是泰皇命令，凡是能用手能触摸的宫墙都用玻璃替换了，所以现在的宫墙就成了今天我们看到的样子。

在泰皇宫最让我感兴趣的还是它的主人——刚过世不久的九世皇普密蓬·阿杜德。这位深受泰国民众爱戴和拥护的泰皇，一生可谓传奇和神秘。从1946年6月，其兄泰王拉玛八世被刺身亡，年仅19岁的普密蓬继位迄今，在60多年的国王统治中，泰国共发生了19次政变（其中13次政变成功），20位总理相继组建了48届内阁。普密蓬国王以平静的心态见证这些政治变迁，始终屹立不倒，并多次在紧要关头出面化险为夷，帮助泰国人民躲过了一次又一次的劫难，因而获得广大民众的拥护。每当泰国国内有重大事件发生，普密蓬国王会出面处理、调停，扮演仲裁者的角色，如发生于1992年的"血腥五月"事件，经过数日的混乱，死伤百余人，失踪数百人，最后由普密蓬国王出面调停，他召见查龙和苏钦达两位朝野领袖，双方跪伏在国王面前，至此暴力停止。从这一事件后，泰国军方淡出了政治舞台，也让泰国安定了许多年。

外界评论他是一个"非常有手段，有权谋，还很擅长做戏的实权皇帝"。是的，九世皇的"戏功"举世无双。几十年来，泰国民众对普密蓬的崇拜到了举国疯狂的地步，不仅恢复了早已废除的泰国民众对王室匍匐的跪拜礼，还恢复了在朱拉隆功任国王时废除的泰国王室特权。

直到他去世，这些离奇的神秘故事仍在流传。据说九世皇遗体火化时，火化台上飘出的白色烟雾变成"心"形，直升云霄并久久不散，许多泰国民众认为是先王显灵。更让人匪夷所思的是，当"心"形直升云霄时，皇家火葬场上空出现一群白色鸟儿围绕火葬亭塔尖盘旋几圈后才离去，许多泰国人相信是九世王灵升天，那群鸟儿是来接灵的。

佛国说"佛"

  泰国以"千佛之国"闻名于世，素有"黄袍佛国"的美誉，因信仰佛教而备受推崇，佛教的亲和、包容、仁善的民族情怀，是佛国"柔文化"的基础。佛教在泰国传播之广泛、影响之深远，是我始料未及的。在泰国民间，人们相见时，双方要行合十礼：两掌相合，十指伸直，举至胸前，身子略下躬，头微微下低，口念萨瓦蒂（意思为如意）。对方则微笑着双手合十放在胸前意为表示感谢、感恩，算是还礼。见到佛像时，也要双手合十表示对佛祖的尊敬。可以看出佛教的礼仪贯穿于泰国人的日常生活之中。

  在泰国，无论是走在曼谷繁华街头，还是穿行在乡间小路上，金碧辉煌的建筑大多是庙宇、佛塔，其数量之多令人惊叹。高耸入云的大厦前总会修一座精致的佛塔，整日香火不断，打扮入时的都市人举香虔诚跪拜。穿着黄色袈裟的和尚在高楼林立的闹市中默默地沿街而行。身在这样一个佛国，终日听佛声悠扬，你心灵会有皈依的感觉，灵魂也会被佛净化，慢慢地变得空灵、超然起来。

  说起拜佛，泰国最有名的是四面佛，佛的四面分别是财运、平安、姻缘、健康。泰国人拜佛的方式同我们国人在寺庙烧香大致相同。国内的庙门口通常有一个"随喜功德"箱，香客可随意往里面放零钱，但在泰国只要二十铢，每一个到寺庙祭拜的游人都要准备二十泰铢的功德钱，这个钱一定要自己给，不能由别人代替。这二十泰铢会换来十二支香、一串佛花，香里面有两张金箔纸。拜的方式是从第一面开始上香，香点燃后要上下晃动让它自然熄灭。每一面拜三拜，上三炷香。四面佛拜完后手上还有一串佛花，求什么就将花在那面佛上挂上。拜佛结束后，用手拍三下，把所有的霉气拍干净，然后往头上梳三下，将所有的霉气都梳走。最后的两张金箔，要到大雄宝殿释迦牟尼佛上贴金身，依自己所求贴在佛相应的位置上，一张为自己，一张为家人。如果为家人平安，就贴在佛脖子的胸前或背后；如果给老人求福寿就贴在耳朵边上；为孩子聪明，可贴在腹部；为求财贴在脸上。据说四面佛有求必应。在佛面前可以请愿，但不能默许什么，默许了一定要做到，心想事成后一定要记得来还愿。

泰国的九世皇庙有九重，里面供奉着历代皇帝的用品，与它毗邻的山叫释迦牟尼佛山，看上去整座山就像一幅雕像，三个面就有三尊佛：一尊坐佛、一尊站佛、一尊卧佛，分别代表前世、今生和来生。早晨太阳升起时会有光照射着佛山和毗邻的九世皇庙。如果你站在九世皇庙旁边，不论从正面还是侧面都会看到一尊释迦牟尼佛的雕像，这是芭堤雅首富王亮先生送给泰皇60岁的生日礼物，其重达999公斤，代表九五之尊。不仅如此，大街小巷都有各种各样用黄金做成的佛牌或佛位，包括我们住的酒店都能看到供奉的佛像。

当地人好佛，但却不和佛一起照相，这和中国游客每到一处胜景就拍照留念有很大区别，这是为什么呢？原来，在泰国人眼里，佛在心中，他们喜欢将佛戴在身上，很多女孩戴着四面佛，据说它能抵挡灾难。就拍照而言，和佛拍照是有讲究的，如果站在佛前拍照，自己拍的是全身，而佛是半身，这样一是对佛不敬，二是背上有一尊佛，人是背不动佛的。佛地最好不拍照，实在想拍，拍佛全身，自己站在佛的一侧拍半身。

泰国有很多寺庙，如果本国人愿意，生老病死都可以在寺庙里面。泰国的很多学校是和寺庙接通的，孩子早上要到寺庙做早课，然后才进校门，他们从小就受佛文化的熏陶。泰国男人一生要做两件事，第一要当兵报效祖国，第二是要出家当和尚。在泰国如果没有出过家，在政府机关找不到任何工作。在泰国人眼里，只有出过家的人才有资格担当大任，包括历代国王，他们都要出家当和尚，才能接受大统。泰国宪法规定，国王必须为佛教徒，曼谷王朝从拉玛一世到拉玛九世，无一不是佛教徒。拉玛四世继位之前，修行长达27年。

泰国的和尚大约有50万人左右，有38500多家寺庙。泰国的男孩子一生都要接受佛教文化。泰国被称为"黄袍之国""微笑国度"。他们当和尚可以是一个礼拜、一个月、一年或一辈子。有的还要举行隆重的家族仪式，进寺庙时脚是不能落地的，由他的父亲背着，进去后最先见到哪位高僧，他就跟哪位学。剃度先由父亲剪第一刀，将它留下来做纪念，接下来由高僧剃度，泰国的和尚头发不会剃光，也没有九个戒疤，因为九个戒疤代表大乘佛教，而泰国是小乘佛教。泰国的高僧可以抽烟、喝酒、吃肉，唯一的禁忌就是不能近女色。仪式结束后，师父会给他一本经文、一件袈裟和一件藏包。早上，他们跟师父出去化缘，带着一口锅和一个桶。泰国的寺庙不生火，全靠化缘来的食物生活。市民们通常是跪着将食物递给和尚。他们一天只吃两顿，晚上是不吃的。如果男子婚前不出家，会觉得是一件憾事。

数百年来，佛教对泰国的政治、社会、文化生活一直都有着重大影响，可以说佛教礼仪贯穿于人的一生。或许是佛的影响，泰国人做什么事情都是慢悠悠的。也难怪，泰国信奉的是小乘佛教，讲求"先度己再度人"，他们把享乐作为一种生活方式，慢生活和享受生活就成了这个国家的常态。我们到达的曼谷素万那普机场是一个国际形的大机场，这个机场几乎建了半个世纪，足以看出泰国人做事情之慢。这个机场一开始叫金刚眼镜蛇机场。后来泰皇把名字改为素万那普，代表满地黄金。

泰国人民并不富裕，但他们的幸福指数却很高，这其中的原因除了全民免费医疗、免费读书，不用买房买车（实行"租"）外，佛的影响不可小觑。

第三辑　山水记忆

在云雾缭绕、紫烟笼罩中，所有景物若隐若现，目之所及，那些起起伏伏的山丘、浓浓浅浅的绿，都羽化成虚无缥缈的世界。

乌镇寻梦

　　旅途归来，想写一篇关于乌镇的文字，好几次提笔又放下，乌镇就这样在我的心中沉睡了好长时间。不是不想写，而是不敢写。于我而言，写乌镇，任何溢美之词都是苍白无力的。因为乌镇之美，是几百年的烟雨晕染而成的江南景色的聚焦——湿漉漉的青石板路、粉墙黛瓦下的水阁；气定神闲的乌篷船；穿着蓝印花布旗袍，打着油纸伞，似丁香的姑娘；枕河人家的小桥流水。

　　乌镇是埋藏在我心底很多年的梦，从一部《似水流年》开始，这梦做了整整十年。前几年，当我背上行囊途经南宁、广州、深圳、福建再折回义乌准备游乌镇时，母亲病重我赶了回来。这一次，再次东行，我刻意锁定了乌镇。对于我来说，不去乌镇，就有不快之感；到了乌镇，不给自己留下一点文字。更是一种遗憾。

　　我不是一个浪漫的人，但在乌镇还是有了浪漫的奇遇。一位朋友与我约定，到乌镇同坐乌篷船，去看清澈的河水上横着的斑驳的石拱桥，去体验难得的古镇风韵，去寻找小巷深处的城南旧迹，还要去吃一碗吴妈抄手。然而最终我们在乌镇擦肩而过。另一位多年未见的旧友，却与我在拥挤不堪的石拱桥上撞了个满怀，我们的相遇像小说里杜撰的情节。

　　乌镇很小，小得在地图上都找不到它的影子；但它又很大，大得全世界都知晓它的存在。在镇上，我去寻访茅盾故居，在氤氲的临河水阁木楼里，我找到了。故居小楼的雕花木窗半开着，老红木的书桌静静地摆在那里，好似向人们讲述着茅盾先生生平往事。不知是乌镇得天独厚的条件成就了他，还是他的光环让乌镇声名鹊起，或许是二者相得益彰吧。

　　走进乌镇，我仿佛走进了一幅烟雨江南的水墨画中。不时有船夫撑篙点波，从河面上划过去，一切是那样悠闲。那梦一般的蓝印花布，让人的心也变得幽蓝了。

　　我要了一杯"似水流年"，静静地坐在河边，望着西沉的斜阳，思绪慢慢飘远。有人说，乌镇晴不如阴，阴不如雨，雨不如夜。是的，乌镇的夜色比白昼更有魅力。在水晶般的夜色里，会忘记天空还有星星和月亮，你会忘记红尘中的种种烦恼。明知那夜空并不真实，但你总希望它是真的，就像一段美好的梦，你情愿陶醉其中。因为生活本身太真实，我们需要一点也许并不真实的幻想。

　　在这个温柔宁静的夜晚，我终于输给了时光，我枕着河水，偎着灿若星辰的霓虹，悄然走进甜美的梦乡。

雁荡看山

雁荡山素有"海上名山""寰中绝胜"之美誉，灵峰、灵岩、大龙湫是雁荡山的"三绝"。这次去算是领略到了。它既有泰山之雄伟，黄山之灵秀，又有庐山的飞瀑。的确算得上寰中绝胜。

去之前我就在想，为什么称雁荡山为海上名山呢？想了半天也没有想出答案。去了才知道，原来是因为山顶有一个湖，芦苇茂密，结草为荡，南归秋雁宿于湖上，故曰雁荡。

雁荡山一路上岩壁参差。站在大龙湫下，龙湫之瀑布有如一条白绸，在悬崖垂空飘荡，落到地上溅起漫天水雾。对此情景清代著名诗人袁枚曾这样写道：

五丈以上尚是水，十丈以下全以烟。

况复百丈至千丈，水云烟雾难分焉。

我去过一些名山大川，也见过无数瀑布，但这样空灵的景观，却是第一次见。

前进中，热情的"私导"为挣小费主动搭讪，但我嫌她影响我独自观景的雅兴，也妨碍我对未知世界的探究，于是独自前行。四周峰峦吸引着我，我不时举起相机拍摄。剪刀峰巍峨矗立，丝毫没因我的热情而放低姿态。它真的像一把剪子任意裁剪着群山。难怪郭沫若先生临此，引用袁枚的诗发出了"远望双峰截紫霓，尖叉棱角有高低。倘非山里藏刀尺，哪得秋云片片齐"的感叹！

断肠崖是金庸武侠名著《神雕侠侣》中小龙女与杨过的定情之地。问世间情为何物？其实最难过的并不是生死诀别，而是人被情打败，为情所困，被情所伤。据说，有痴情女专程到此跳崖自杀。为此，景区还关闭过这个景点。

在雁荡山看山，不同的心境和角度会看到完全不同的景致。我在一个叫灵峰馆的院内，抬头眺望，顿觉眼前的山峰像雄鹰扑面而来，但随着我脚步的走动，雄鹰又变成青春少女，一对丰满乳峰诱人尽情遐思，再转换角度，就成了情侣峰或夫妻峰，而白天则是"合掌峰"。正所谓"横看成岭侧成峰，远近高低各不同"，那一堆石头的形态全凭你自己的想象。雁荡山正因为有了人的想象力，才有了不同凡响的灵气。

其实，这些景观的形成得益于火山爆发后的历史演变。我通过岩石上大面积的流纹，仿佛看见了火山爆发喷熔岩时的情景，其惨烈骤变清晰可见。如兀立在断肠崖上的顽石，前面是万丈深渊，四周是层峦叠嶂，我相信它从前不是这个模样。但随着风吹雨打，电闪雷劈，烈日炙烤，像凤凰涅槃，才得以重生。

我喜欢登山，对我而言不只是为了攀爬和征服，还是我迷茫时寻找前进方向的一种方式。登上山，我感觉自己如同到了云端，眼前的山峰被我踩在脚下，但抬头再看时，才发现自己所在之处仍然是另一座高山的脚下，随之而来的是一种不满足感。人生没有最高点，只有不断攀登，才能登上一个又一个高峰。

浙东十八潭

来到浙江黄岩，听说有一个红色旅游景区——浙东十八潭。于是，一身汗一身雨地赶了过去。游潭归来，心情颇不平静。作为旅游景区，浙东十八潭给我印象最深刻的并不是那极具特色的瀑，也不是峡谷两岸乱石林立、险峻无比的奇峰岩石，而是那里曾经是红军战士生活和战斗过的地方。

浙东的十八水潭位于浙江黄岩西部的崇山峻岭之上，隐蔽于层峦叠嶂中的桐树坑村就是当年台州人民敌后抗战的中心，是中共台属特委的机关驻地，也是抗日战争和解放战争时期浙东游击队和浙南游击队的联络走廊。中华人民共和国成立前的十一年间，桐树坑村一直红旗不倒，在过去的流金岁月里，写就了一部永不褪色的红色经典，是名副其实的革命老区。来到这里，我的敬仰之情油然而生。

离桐树坑村不远的著名景区十八潭符合现代人的猎奇、探险心理。七十多年前，这里是遮天蔽日的原始森林，而革命先烈、抗日游击队在如此恶劣环境下出生入死，是何等艰辛。凝思至此，我的心情顿时凝重起来。于是，我顺着峡口往下走，身边两股溪流潺潺向下，山风扑面，山路奇险，我似乎真的体验到当年的那种艰难困苦。如今，这峡谷里面的所有景点都是以溪流和红军战斗过的足迹命名，充满了对历史的怀念之情，如长潭游龙、铁流飞泄、高台宿营、红军破壁、黄岩会师等。

"桐树流金"并没有桐树，只有一片茂密的竹林。在这深山峡谷里，竹林更显幽静，风吹得竹林"飒飒"地响，竹林深处鸟啼不绝，夹杂着溪流声，总感觉枪林弹雨声还没有走远，让人毛骨悚然。

继续往下去，谷口两股溪流汇聚后坠落在山崖下的潭子里，然后溢出来继续往下奔驰，最终形成十八湾水、十八个潭。这情景与峡谷深处茂密的森林、雄奇的岩石，连同坠崖瀑布，构成了强烈的视觉冲击。人在这里，虽觉有些阴森，却的确隐蔽，是个打游击的好地方，能成为浙东革命根据地也就很自然了。

如今，峡谷里的群雕成了最抢眼的镜头。群雕分布在峡谷深处涧溪两旁的岩石上，看似随意，却将红军战士的英勇顽强、不屈不挠的英雄气概表现得淋漓尽致。雕像中，有身经百战的老红军战士，也有风华正茂的年轻战士，还有同红军并肩作战的老百姓。红军雕像旁边雕着一面高扬的红旗，我仿佛看见它在迎风招展，红军战士在旗帜的指引下前仆后继。飞腾的瀑布声好似冲锋的号角。那岩石地上刻下的一串串脚印，无声地诉说着那艰苦卓绝的斗争，再现了红军和老区人民在那段烽火岁月里共同战斗的宏伟景象。红军雕像已经成了大山的标志，成了老区人民的根和魂。

抬头看见光秃秃的崖壁上长着一株枝繁叶茂的树，它的根部裸露在阳光下，无土无养料，颜色和岩石的颜色一样，但根却深深地扎在岩缝里。这株古树深深地吸引了我。我想，一棵原本依赖泥土才能生存的树，却在溪涧的石壁间生长了上百年，这说明特殊的困境能激发生命的内在潜能，树木在石缝中也能顽强生长。植物尚且如此，更何况有着崇高信念的红军战士呢！

临海古长城遐思

　　到了浙江临海，朋友提议去看看台州境内的江南长城。咦，浙江也有长城？是我孤陋寡闻，还是噱头？我满腹疑惑。于是，我们驱车前往。

　　坐上车后，我的大脑快速搜索、排列组合，努力回忆十多年前登北京八达岭长城时的场景。那东起山海关，西迄嘉峪关，气势磅礴、规模宏伟、工程艰巨，绵延起伏于崇山峻岭之中的万里长城，那种站在长城之巅俯瞰疆域时的内心震撼，让我至今难以忘怀。江南的长城该是何种模样呢？一路上满怀期盼，满怀再次登上峰顶、成为英雄好汉时的骄傲之情，我感觉这不到一个小时的车程有些漫长。我不停地探出头向前方张望，想一睹这江南长城的模样。

　　车终于驶到长城脚下。下车抬头向上望，我多少有些失望。完全没有北方长城的壮观和雄伟，乍看就像一道护城的围墙，城门和街道平齐，进入城门后沿着约8米宽的甬道向上走，过揽胜门，经198级台阶的好汉坡，登上顾景楼。随着向上攀登，地势升高，城墙的墙基也逐渐显出其高、险、峻、峭的状貌，整个城墙显露出端倪：那5000余米的城墙沿北固山山脊蜿蜒至烟霞阁，于山岩陡峭间直抵灵江东岸，延伸至巾山西麓，整座长城依山就势，俯视大江，最险峻处在北部之巅。远看像一条黑色的长链，把进入临海城的咽喉紧紧锁住。

如果说北方的长城是为了抵御游牧民族的侵扰。那么，这座修建于东晋的古城墙又是作何用的呢？从地形和地势上看像防洪的城墙，但从城墙所处的位置，特别是遗址中加盖了两层中空敌台来看，应该是一座具有军事防御功能的府城城墙。在历史上，戚继光守城八年，抗击倭寇九战九捷，其遗存至今的两层中空敌台的加盖，在明朝的防御建城史上实属罕见。有资料显示，戚继光与当时的知府谭纶整修临海古城墙，护城有功，二人随后奉调蓟州，修建北京附近的明长城。他们抽调江南三千兵士，将其在临海筑城经验运用到长城修建工程中。没想到，如今见到的北国长城的空心敌台原来竟然源自临海。因此，南北长城在规格、形制、构造上相似点颇多。

环顾四周，古城墙的两侧古木参天。城墙掩映在青绿丛中，更增添了一份灵秀。俯瞰井字形的城区街道，你能感觉到这座因旅游而变得躁动的小城原本宁静而悠闲，这里的人们慢悠悠地说话，慢悠悠地做事，慢悠悠地打理着看似波澜不惊的生活，真的是城静民安。

站在这里，我想与历史对话。诚然，这座城墙的修建的确有防洪、抗倭、抵蛮之意，但似乎也有说不过去之理。试想，在没有蒸汽机、内燃机、轮船的时代，境外的海盗凭借什么不远万里来中国沿海掠夺？唐代的鉴真和尚东渡了那么多次才到日本，几乎死在海上。如果真有海盗来抢夺，这成本也太高了点吧。再联想到为什么明代"不许片甲入海"，清代的沿海居民一律内迁三十里？这究竟是为什么？如果这修在海边的长城主要目的不是抵御外来侵略，会不会是防止渔民出海。眼前这像枷锁一样的城墙，确实困住了我。

情缘仙女石

　　春遇倒春寒，行走在仙女山海拔两千多米的高山上，此时正在融雪，加上绵绵细雨，山上平均气温比市区低十摄氏度左右，冷成了这次出行的最大障碍。而老同学相伴，却给这次出行增添了温馨、默契和快乐的气氛。有人说仙女山是因为山上有一石峰酷似跳跃起舞的仙女而得名，那我们这次出行就从寻找仙女石开始吧。

　　关于仙女山，清末《重修涪州志》有载："仙女山上石洞深邃，相传有仙女住此。"传说在远古，大海退去后的武隆是一块草木不生的蛮荒之地，境内只有嶙峋的怪石和茫茫无垠的沙海，大风袭来时黄沙滚滚，阴霾重重。日久天长，漫天的黄沙就堆起了两座巨大的沙山，一座位南，另一座在北，南北两个山脉，山山相连。

　　一天，一位白袍少年头顶王冠，手持权杖，骑着一匹白马路过这里，感叹这里的蛮荒，便决心定居在此。他打井取水，开荒种树，渐渐地两座巨大沙山披上了绿装，万木复苏，百兽繁衍，俨然人间仙境，四方百姓逐渐聚首。

　　天宫中的王母娘娘闻知，便派掌灯仙女来到人间探查究竟，白马王子盛情接待。安置掌灯仙女居在北山，白马王子居在南山，隔山相望，一来二往，掌灯仙女对白袍少年心生爱恋，不愿再回天宫。王母娘娘久不见掌灯仙女回宫，便派仙人催返复命，掌灯仙女一意孤行，不愿返宫。王母娘娘大怒，仙手一划，划出一条大河，将南北两座大山硬生生从中划开，责令掌灯仙女与白马王子永远不得相见，掌灯仙女相思过度，不久仙逝，化成北山一巨石（仙女石）。后人为纪念白马王子的功绩二人的恋情，将南山命名为白马山，北山命名为仙女山，大河就是今天的千里乌江。

这块仙女石在哪里呢？我想去寻找它的踪迹。从山脚到山顶，从悬崖峭壁的天坑到沟壑纵横的地缝，从传说中铁拐李修道的通天塔到万峰林海，抑或是无边无际的大草原，在云雾缭绕、紫烟笼罩中，所有景物若隐若现，目之所及，那些起伏的山丘、浓浓浅浅的绿，都羽化成虚无缥缈的世界。

山民告诉我，顺着草原一侧往西南方向的梅子坳走，翻上崖顶就能看到仙女石。然而，当我们站在那里时，那变成了浓雾的细雨将眼前的景物都包上了。同行的人觉得看不清"庐山"真面目很是遗憾，我倒觉得朦胧之中可以随心所欲地发挥想象：那傲然伫立的几尊巨大的天然石柱，在薄雾中如身披一袭轻纱的绝尘女子，怀抱玉白色筌篌，衣袂飘飘，在仙气环绕的云层中，她不染世俗，只留下一抹淡香。

在这里，我仿佛看见骑着白马的白袍少年和那位玲珑可爱的掌灯仙女向我们迎面走来；看见采药耕织的勤劳媳妇为了治好祖母失明的眼睛攀爬在陡峭的山崖上；看见牛郎和七仙女夫妻双双把家还的幸福场景。据说石台下压着的就是"苞谷大王"和那伙黑心肠的恶人，凡是心术不正的人是上不了台面的。再看看那群偷看仙女洗澡的山民被化成一堆石头人，跪在山崖上饱受风雨雷劈的鞭打。关于仙女石的传说有很多版本，但歌颂爱情和追求美好生活，赞美勤劳善良鞭笞邪恶是永恒不变的主题。传说中的牛郎织女只有每年在鹊桥相会时，他们才会变为人身，相聚仙女山。难怪仙女山多雨多雾，一定是他们的泪水化为这绵绵的相思雨。七月七未到，可乌江的水却从未干过。

如今这"牛郎织女"的故事却演绎出了新的爱情篇章。十多年前，一位淳朴的山民将自己的房屋租借给一位从城市来此地养病的姑娘，山民的勤劳和细心的呵护赢得了姑娘的芳心，最终他们结成夫妻，在仙女山开起农家乐，过起了"夫妻双双把家还"的甜蜜生活。

仙女山的奇迹在于山水神奇，仙女文化形象生动，当古老的爱情传奇成为民间的经典故事后，新的爱情故事又给仙女山注入了新的生命。

船过神女峰

红叶霜染猿啼冷，绿水轻舟巫峡孤。

平湖神女今无恙，银装素裹望渔夫。

一场云雨，让巫山如梦如幻。

这黄昏的"行雨"，清晨的"朝云"，总让人想到宋玉，想到楚襄王，神女，"巫山云雨"……

坐在游轮上，只见远处山峰如黛，巍峨高耸的山峦之间云雾缭绕，脚下的江水宛如一条玉带透迤于群山峻岭之中。只有近距离亲近江水时，才能感受到她的恬静和幽美。巫山是神女的故乡，因神女峰而驰名中外。翻开《巫山县志》："赤帝女瑶姬，未行而卒，葬于巫山之阳为神女。"这大概就是神女峰最早的来源吧。这看上去衣袂飘飘的神女峰，传说原本是西天王母娘娘的第二十三个女儿瑶姬，她为了帮助大禹治水，邀了十一个姐妹来到巫山，守护在这里，最后化作十二座山峰保佑过往船只。因此，过去这里的老百姓像信奉神灵一样膜拜这些山峰。在三峡人眼里，神女就是一个普普通通的船工的妻子，当丈夫在恶浪险滩中遇难之后，她一步一步地攀向山峰，盼望着丈夫归来，这一站就是千年万年，最后就成了如今的神女峰。这凄楚的爱情故事，被现代诗人舒婷的著名诗句"与其在悬崖上展览千年，不如在爱人的肩上痛哭一晚"道破，将人们埋藏在心里的痛和普通百姓追求真爱的宣言，直白地表达了出来。正因为如此，千百年来神女和神女峰才被峡江人所喜爱和传颂。

或许是揣着神女峰美好的故事吧，记得二十多年前我陪着母亲乘船去上海，历经三峡，其实也可以说是经过了整条巫山山脉，那时我在船上看到的神女峰只是一个小小的感叹号。如今三峡水库蓄水以后，水位上升了一百多米，但峡谷风光依然，又平添了平湖景色，在宽阔的水面上，随着游船的快速行驶，神女峰越来越近，那美丽多姿的神女峰仿佛也和我亲近多了，只要仰视就能看见一根巨石矗立于青峰云霞之中，"神女"的风采就在眼前。她每天第一个迎来灿烂的朝霞，又最后一个送走绚丽的晚霞，所以又叫望霞峰。古人有"峰峦上主云霄，山脚直插江中，议者谓泰、华、衡、庐皆无此奇"之说。还有伫立于峡江两岸的十二峰，有的若金龙腾空，有的如雄狮昂头，有的则醉卧峰间，其千姿百态、绰约风姿，形成了环绕神女奔腾流淌的江河文化，泛舟其间，真可谓美哉！

船行大宁河，沿岸悬崖峭壁上的悬棺成了人们争相目睹的对象。为什么要将棺木悬挂于崖壁上呢？有人说是谐音"高棺"（高官）以保佑子孙后代富贵；也有人说是为了保护先人的尸体，不让人、兽侵犯；再一个说法是濮人子孙为了尽孝。但游人好奇的是它是怎样放上千仞绝壁的呢？众说纷纭，这是一个未解的千古之谜。其实在我看来，这些都无关紧要，重要的是它构成一道风景，一道人文奇观，反映了古代三峡民族奇特的丧葬习俗，更有着丰厚的历史文化内涵。仰视悬棺，你会对我们祖先的智慧肃然起敬。

船继续前行，前面有一条河，那是巫山最具传奇色彩的一条河，它聚集了巫山最美的大峡谷。当阳大峡谷，那里的瀑布群高瀑跌宕，势撼云天，即使你从四十米外的河对岸公路上穿行，不管是走还是跑，都会湿透全身，这是一种全新的旅游体验。在那里你的头脑会亢奋，会情不自禁地被这恢宠的气势所震撼，会从内心感叹：长江三峡真美！

芒街风情

　　东行到了广西南宁，我们下榻的宾馆位于边城小镇东兴的一条小街上。清晨起来推开窗户，越南就在我的眼前，中间就隔一条北仑河，于是我们决定去越南看看。

　　当然，去越南，要先办签证。签证在南宁东兴边境旅游办证大厅办理，经过一天的等待，我们手持中华人民共和国"出入境通行证"，从东兴"中越友谊关"大桥途经北仑河入关到越南芒街。当踏上这条全长118米，横跨中越边境的北仑河友谊关大桥时，我看到桥的中间画有一条红白相间的线，它便是庄严的国界线。它划分出两个隔河相望的邻邦，线的南端是越南的芒街，一个充满商业味的小街，北端则是中国的东兴，一个成长迅速的边境小城。于是，游客们纷纷脚跨国界线拍照留念。桥下的河水在静静地流淌，它仿佛在向人们述说着自己的历史。1898年，中法战争结束后，法国占领越南芒街，与中国清朝政府签订协议，由法国负责技术工作及钢材供应，中国则负责工费与劳力，共同修建北仑河东兴通往芒街铁桥，从此中国和越南就像"越南中国山连山江连江"歌中唱的那样繁衍生息于北仑河两岸。随着边贸的迅速发展，以及多渠道、多形式经济合作的不断加强，广西东兴—越南芒街成了一条中越跨境"经济走廊"。我至今仍然记得这种同志加兄弟的情谊是在1979年那场《血染的风采》中终结的。

越南有优质的黄花梨、紫檀、酸枝木、乌木等红木,在海南黄花梨基本绝迹的情况下,越南黄花梨等红木做成的制品就显得非常有价值。同行的人都是红木专家兼商人,他们用敏锐的眼光观察红木,从中捕捉商机,而我对红木是初学者,更留意的是那里的风土人情和他们的经商之道。芒街有很多家装修不错的咖啡屋,每到午后就人满为患。越南的咖啡是东南亚一带最棒的,既然来到此地岂有不品尝之理?同行的人觉得既然是品,得讲究正宗,便坐了下来。咖啡的冲法很原始,咖啡豆打碎煮沸后,盛在一个如茶杯大小的特制铝杯里。上桌的时候,把铝杯架在一个普通的玻璃杯上,上层的铝杯可以把咖啡渣滤去,让水滴入玻璃杯中。客人在观赏咖啡滴入杯中的过程时,浓浓的咖啡香就溢了出来,通常滴完了只有半杯。客人可以根据自己的喜好随意加炼奶或水状的怡糖,当我正准备优雅地品尝时,对面一桌的越南男人投来了惊奇的目光。我环顾四周竟没有一个女客,这是为何呢?于是请教了一位越南通,他告诉我,在越南,妇女的地位是非常低下的,虽然婚姻规定是一夫一妻制,但基于男人少的现状,政府实际上是默许一夫多妻制的。一个男人只要养得起,娶多少老婆都可以。但事实上,一个家主要靠女人打工维持生计,而男人则可以不工作,穿戴整齐地坐在咖啡馆、茶馆享受生活。或许在他们的眼里,享受是属于男人们的。此时,我感觉作为一个中国女人,作为一个有着独立人格、自食其力,和男人平起平坐的中国女人,无比自豪。

越南人喜欢戴帽子,女人戴着用竹篾编制而成的锥形锅顶帽,用一块头布将脸遮起来,据说是为了挡紫外线和风沙。男人则偏爱戴绿帽子,在越南人看来绿帽子是财富的象征。在我的眼里,越南妇女非常勤劳、谦卑、善良。我在芒街看到各种摊位上负责兜售的基本上都是妇女，她们皮肤黝黑，身材矮小，却努力推销自己的商品。来越南之前，朋友们笑侃只要带几百元人民币，在越南就是百万富翁了。本以为越南的一切都很便宜，到了才知道虽然经济发展的速度和程度都远远落后于中国，但物价却快速地向我们看齐了。

芒街上有来自世界各地的背包族，摩托车更是成群结队，噪音和尾气污染相当严重，整条街都是乱哄哄的。越南的摩托车之多，颇像20世纪80年代中国大城市的自行车，在马路上如潮水般涌动。无论是城市还是乡村，老百姓都以摩托车作为主要交通工具。

芒街曾是法国的殖民地，有中西方文化融合的风情，在房屋建筑、饮食习惯等方面都可以看到法式文化的影响。当然也有原汁原味的中国文化元素，穿着奥黛（越南的国服，像中式的旗袍）的女性风情万种地在高档场所里走动，还有一种用两大片布缝制，在腰两侧前后打结系紧，用的布料宽大如裙子，走动时，两片布折叠的缝隙隐隐显现一截小腿，时尚飘逸又带有民族风味。在街上很多时尚的越南女性喜穿改良式的奥黛，并配相应颜色的高跟鞋，走在微风拂面的街头，格外轻盈靓丽。

我觉得建筑和服饰应该是我这次越南之行看到的最大亮点。

草场漫步

在我的印象中，石柱的黄水是避暑的天堂。它地势高拔，有得天独厚的自然资源优势，是原生态的康养福地。但这里季节分明，高原气候明显，夏季避暑的人川流不息，夏季过后便门庭冷落，住宿餐饮纷纷关门歇业。那么，深秋时节，我们到这里来干什么呢？又能欣赏到什么呢？我的心中不免疑虑。

然而，诗意盎然的千野草场，荡荡原野的千面山坡，纵横交错的千条沟壑，遍地燃烧的万千火棘，呼呼啦啦的万亩杉林，沉默无语却蓬勃向上的万千石芽，还有那张牙舞爪的秋风……

随风漫步，脚下，千种野草手拉着手在风中舞蹈，千红万紫的野花装点着坦荡而又高昂的草场；天上，湛蓝的苍穹偶尔飘过片片白云；山上，轻纱般的白雾飘来飘去，你走到哪里，它就跟到哪里。在这里，每一缕风都是清新的，野菜野果都散发出诱人的芬芳，甚至牛粪马粪都散发着草的清香，真是"春风发生千野绿，秋风刮去一天香"。这是大自然的味道，是人类与大自然和谐相处的圣地，眼前的景象完全颠覆了我对这片高山草场的最初印象。

在这里，你可以是花道师。千野草场漫山遍野的火棘、芦苇、野菊花、狗尾巴草、野棉花、松果、银杏叶甚至过季的枯萎的干花干枝，都可以成为你创作的材料，它们的色、形、意，都能激发你创作的灵感，让你化腐朽为神奇。在这里，你可以是摄影师。用单反相机或者随身携带的手机，记录你与大自然亲近的每一个瞬间，当你在耄耋之年，翻看这些流金的岁月，能让你苍白的人生顿生动感。在这里，你也可以是画家。拿静影沉璧的月亮恣意涂鸦，嗅着灵山氤氲的草香，将原野的秋色挂在风的枝头。在这里，你还可以是作家。只要你坐在草地上，看地上花开花落，看天上云卷云舒，内心就会进入一个澄明的世界。在这个世界里，你可以翻越文字的万水千山，苏东坡、李白、杜甫会向你迎面走来，你会沐浴在唐风宋雨的清词丽句中，写出蒹葭苍苍的美丽……

在这里，即使你什么都不是，只是一个匆匆的过客，一间小木屋，一个"蒙古包"，一个善意的眼神，都会让你找到家的感觉。嗅着烤全羊的香，品尝着牛肝菌的鲜，喝着咂酒，咀嚼着软糯的都巴块，你会发出会心的微笑。在这里，土家妹子柔如舌尖上的莼菜，能瞬间滑入你的胸怀，你会情不自禁地随着"摆手舞"同手同脚地跳起欢快的土家舞蹈，内心会充满"太阳出来喜洋洋"般的欢悦；土家汉子剽悍的身影，会让你想起他们出征时，喝酒摔碗时的壮烈，那是一种忠贞和视死如归的勇敢。

前方是一片茂密的森林，它会诱惑你继续往前走。笔直而密集的树蓬勃向上，像一道绿色的屏障，既遮天蔽日又生机勃勃，我们就在树与树的缝隙中穿行，和煦的阳光透过密林洒下金光，整个森林顿时晕染成五彩斑斓的童话世界。突然眼前一亮，一片岩石出现在我的眼前，那是天空被高大茂密的森林分割成了一块天井，索性坐"井"观天，蓝天如洗。传说是柳杉"树王"升天成仙，留下遥望故乡的"瞭望口"，随手用手机对着天上的"井口"拍了一张照片，像一片湖泊。地上有个天井，天上有个湖泊，我有些恍惚，我不知道哪个更高，哪个更远，哪个是真，哪个是假。如果那块净地是树王升天时留下的瞭望口，那么神仙也是有情感的，他遥望故乡时的情感一定是真的。

其实，大自然才是最高明的设计师，它将春的萌动、夏的激情、秋的风韵、冬的凛冽表现得淋漓尽致，只要你肯换个时间，换个思维，换一种方式，在这里，你会得到全新的生活体念。或许，正是这种体念激励着我继续往前走。

或许，人生就是一场义无反顾的前行！

神秘的芭拉胡

黔江的自然景观之美是与生俱来的。

这种美总是和神奇、迷幻，甚至诡异、恐怖以及用常人不可解释或者非常奇妙的事情和现象联系在一起的。比如世界上的四大文明古国，诡秘的百慕大三角，世界八大奇迹的古埃及金字塔，传说中沉没的大西洲，世界屋脊珠穆朗玛峰等，它们都在地球的哪个位置呢？转动地球仪，你就会发现它们都在北纬三十度这条神奇的纬线上，同时你还会惊奇地发现武陵山脉就牢牢地站在这条纬线的境界上，而黔江的芭拉胡一带则处于武陵山腹地，面对跌宕起伏的山，深不可测的壑，诡异丛生的洞，怪石嶙峋的潭……金秋之季，我背上行囊开启了探访黔江之旅。

第一次来黔江，看见"芭拉胡"的标识，我想"胡"一定还有"三点水"，幻想中的湖一定是碧波荡漾，结果我错了。"芭拉胡"土家语意"峡谷"，其语境类似于"香格里拉"。其实，峡谷并不稀罕，全国乃至世界各地遍布，但穿城而过的大峡谷却不多见。世界上有两个这样的大峡谷，一个是卢森堡的佩特罗斯大峡谷，另一个就是黔江的芭拉胡·城市大峡谷。站在城区，你能感觉到这座城市是建在峡谷之上的，峡在城中央，城里面有谷、河、山、水、溶洞，更加彰显出城之灵气。

地设天造的自然环境，如果在谷里面大搞土木建设，大修避暑山庄，一定会热闹非凡，也会给当地的财政带来颇丰的创收。然而，我看到的却不是这样。景区几乎没有房屋建筑，让峡谷保留了原貌，但在峡谷两岸的"肩头"上，却建造出了一座别具风貌的新城，用峡谷这片"肺叶"连接黔江的老城和新城，让这座城与大自然和谐共存，这是城之幸事。登高远望，芭拉胡恰似一条绿丝带，将谷与城、山与水缝合在一起。这个以土家语命名的城市大峡谷，果然美得不同凡响！

游芭拉胡最精彩的是大峡谷中的"玻璃长廊"那一段。那天恰逢细雨，为了安全起见，景区的工作人员就在玻璃长廊上铺起了防滑的塑料垫，从视角上将万丈悬崖之恐怖化为眼不见心为净。我正好站在此处观风景，除旖旎风光外，峡谷栈道两旁有许多野生的蜡梅树，一株连着一株，一丛挨着一丛，冬天蜡梅绽放，峡谷一片幽香。只可惜来得不是时候，未寻得梅香。

峡谷虽不长，但它却集险、峻、峭于一体，神龙见首不见尾。这峡谷均是典型的喀斯特地貌，它们已横跨七个地质年代，在十余公里的峡谷上，平均垂直落差五百余米。谷里有山、洞、峡、瀑布、湿地、森林、街道、佛教文化及土、苗、汉风情于一体的奇特景象。据说有关部门已规划出偌大一块建设面积，现已陆续建成并投放使用。走出栈道，放眼望去，那悬刻于断崖峭壁之上的巨幅观音浮像让我眼前一亮。这尊浮像为唐代文物，它身高一百二十三余米，实属罕见。有趣的是佛像面前是一个宽敞的坝子，远远望去，像观音菩萨坐的莲台。中间有一个回音坪，如果你站在坪中间，面对观音菩萨摩崖造像大声说话，马上就会听到回音，有人说这回音就是观音菩萨的回应。来到这里的人，心里有什么愿望，只要大声说出来，观音菩萨必应。这种回音是怎样形成的还是个谜，据说除北京天坛外，全国再无二处。

此时天空渐渐放晴，峡谷云蒸霞蔚，雾气缭绕，人影游移，观音菩萨好似踏着云朵向我缓缓走来。时下，很多人钟情于川西高原牛背山日出和云海，每每不辞劳苦前往观瞻。殊不知，芭拉胡也有令人惊艳叫绝的云雾奇观，想来自古就有"武陵烟云"一说，家门口的美景，岂能错过？

如果说芭拉胡是黔江的自然景观，那么"观音壁"则是黔江的佛教文化景观。在这里既能感受到亿万年地球演变故事之神秘，也能领略浸润在时光里的灵山秀水之魅力，还能体会芭拉胡密林奇洞的"峡骨"柔情。

金秋十月，这边风景独好！

蒲花与茅古斯舞

大千世界真是神奇，不少自然景观酷似人的生殖器。如广东韶关著名风景区丹霞山的阳元石和阴元石，云南阿庐古洞的天然钟乳石——"羞女岩"，湖南沅陵县麻溪铺镇境内的"女人山"等。这些自然界中的"生殖器"其形状逼真，且有神韵！

在黔江境内的蒲花河和藏入深山中的土家十三寨，就有关于蒲花与茅古斯舞的性文化即生殖器崇拜的民风和传说。

蒲花本是莲花，也叫荷花，是黔江当地土家人非常喜爱的一种水生植物。它高雅、洁净而神圣，在中国传统文化中，更多的是用来象征一种洁身自爱、胸襟洒脱的理想人格，北宋文学家周敦颐在《爱莲说》中对莲花有过这样的描述："出淤泥而不染，濯清涟而不妖……香远益清，亭亭净植。"因其纯洁、纯净，故被推崇为花中君子。或许，这就是黔江濯水地名最原始的出处。

莲花还有一个特点是多籽，莲字谐音"连"，莲蓬加上莲子叫"莲生贵子"；土家人认为黎明时太阳从东边的莲花中升起，日落时它从西边的莲花中坠落。莲花既是该植物的生殖器，又因其外形同女性的阴道柔软呈粉红色且有开口的特点相同，加上土家族人有生殖崇拜的习俗，于是就有了广为流传的美丽传说，这就是蒲花河名字的由来。在蒲花河有个景区叫蒲花洞，奇特的地质景观暗合了土家人生殖崇拜的遗风。千百年来土家人在这一带繁衍生息，蒲花洞就被尊称为女神之洞。蒲花河里不仅有蒲花洞，还有天生三桥、大漏斗和地下暗河，它们相互并存，被称为蒲花河奇观。

　　还有一种更为奇特的生殖器展示舞蹈——茅古斯舞，其粗野狂放到模仿原始人穿树衣、兽皮，将生殖器裸露在外面，从头到脚一律披着茅草。当然得声明一点，"裸露"只是象征性地将腹前捆扎一条尺余长并用红布包头的"草把"以喻生殖器罢了，腹前所捆之物代表人类生产繁衍工具，据说是为了取悦女神。茅古斯相传为茹毛饮血时代的土家先民，意为"长毛的人"，结草为衣以示那时的先民还不会织衣。后来把他们创造的舞蹈也叫"毛古斯舞"。相传在上古时期，武陵山森林莽莽，荆棘遍野，人烟稀少，先民们时常风餐露宿，有一位土家族青年独自下山去学农耕技能，回来时身上的衣服被林中的荆棘撕扯成碎片，回寨时正逢调年（过年），寨民们在跳摆手舞，他因衣不遮体，不好露面，便躲于调年场旁边的杂草丛中，不料被好事者发现拉了出来，他急中生智扯了一些茅草披在身上，并用舞蹈的形式向乡亲们传授他所学到的农耕技能，那硕大的生殖器就时隐时现地展示出来，于是就有了茅古斯舞的雏形。

　　后来经过代代流传，茅古斯舞就成了土家族的传统舞蹈。追溯起来它还是中国最早的歌舞。它有对话和故事情节，而且场次分明，被专家称为中国戏剧的"活化石"。它反映的是先人的生活场景，看他们的表演全身不停地抖动，碎步进退，给人一种粗野、狂放、雅致的原始古朴气息。如今，它被称为"中国舞蹈的最远源头"。与其说它是一场歌舞，不如说它是一个古老民族与天、地、神、祖的一次虔诚对话。

　　为了寻找茅古斯舞的故乡，我们从濯水过桥，穿过阡陌纵横、渠道交错的蒲花河农业开发区，逆水而上，再翻过一段崎岖的山路，土家十三寨就到了。从进寨时一队身穿土家盛装的汉子锣鼓喧天莽号相迎，到土家姑娘的一首拦门歌和一碗拦门酒开始，你能领略到土家人的热情和豪放，再到欢快喜庆、同手同脚、载歌载舞的摆手舞中，你能感受到别样的土家风情。

在黔江旅行，你能感受到土家人的情感是外露的，也是淳朴的，土家人的每一段风情都是一个生动的故事，它感人肺腑、催人奋进。当吊脚楼和青石板顺着千年的时光向我们走来；当一碗绿豆粉的飘香让我等吃货都涌向土家十三寨时，那盘旋在山中的云与雾、山与水将历史定格；岁月、风雨将这里一年年打磨，变成了最传统的习俗时，土家的风情就惊艳了时光，成了中华民族文化的瑰宝。

此时，我幡然醒悟，土家人的生殖器崇拜，实际上是人类生命的象征，也是大自然性文化的生命之美。

古镇秘闻

余家大院

　　宅门重重、庭院深深的余家大院，串连起古镇的前世今生，历史上的瞬间，都沉淀在老宅的最深处，偶尔响起的回音，会翻腾起惊心动魄的浪花，惊得人目瞪口呆。幽静的余家宅院里，还深藏一段历史上或许没有记载过的隐秘往事。这余姓人家是元朝成吉思汗的后代，朱元璋建立明朝攻入元大都时，为避灭门之祸，后人们散落民间，其中有一支逃到濯水镇上，他们隐姓埋名，经过几百年的蛰伏，成了当地有名的书香门第之家。清朝年间，因家族中出了三个进士、五个尚书，余家大院被尊称为"八贤堂"。其正门上一副对联："血融蒙汉，旗出八贤，家山总带芝兰气；心浸诗书，儒承百代，梓巷犹传翰墨香。"就是佐证。我寻思着如今这余家的后人在哪里呢？或许，这熙熙攘攘的人流中，时不时地会与我们擦肩而过呢。

天理良心

濯水古镇当街立有一块高一米、宽约半米的石碑，上面刻着"天理良心"。这座古镇的建筑多为白壁、青瓦、马头墙，墙头高低起伏，有隔断火灾的功能，江浙人叫它风火墙。风火墙属徽派建筑，与重庆当地的建筑大相径庭，这些外来建筑怎么会出现在黔江民间呢？

这得追溯到三百年前"湖广填四川"的那次大迁移。外来移民千里迢迢来到此地，无依无靠，如何才能站住脚呢？换句话说，他们做生意靠什么取信于当地人呢？那石碑旁边的雕塑就是最好的注解："诚信"加"良心"。你看，雕塑的徽商在做小生意时，总是将秤杆高高翘起，让买者过目，以表诚信。这种凭良心做生意的品质渐渐获得了镇上人的信任，于是买者也不去看秤，而是站得远远的，以示对其信任。长此以往，这就成了濯水人在商贸活动中奉行的道德标准。为了表彰和警示古镇商贾经商、为人处世要讲"天理良心"，于是，在清光绪十四年间，濯河坝讲堂凉厅外，当街立起了这块石碑，以示祖训，如今成了濯水人经商的准则。无独有偶，在蒲花暗河有一个最核心的景观叫"苍天有眼"。廪君的族人相信，"人在做，天在看"，他们保持着对自然和天道的最高敬畏，上有"苍天有眼"，人间有"天理良心"，它们遥相呼应，成了濯水之魂。

光顺号

"光顺号"被称为古镇第一大院，是清朝时期濯水"十大号口"之一。其大门是我国西南古镇中迄今为止发现的唯一的卷斗门，也是濯水古镇七大院中唯一采用两开大门的大院，唯一使用三方青砖青瓦墙的大院。三进式的房屋、透光的天井、冲天的阁楼、护栏阳台，是典型的会馆式商号。这些各具特色的民居仿佛向后人诉说着古镇风云变幻、沧桑更替的故事。其中最精彩的一段是在镇上靠收桐子榨油制墨起家的原主人詹姓徽商两个貌美的女儿的传奇故事。两个美女在镇上闻名遐迩，是众多青年才俊追逐的对象。后来詹姓商人与镇上汪家合作开办钱庄和其他企业，就把这座院子卖给了当地一个叫俞光顺的神医。神医是个盲人，盲人盼望光亮，于是就把自己的名字改为光顺，其大院就改名叫"光顺号"。走出大院，屋檐下几位老人闲坐在午后的暖阳里，神态安详，身边的幼子乖巧可爱。或许，安定闲适的生活是古镇人追求的目标。

濯水四子

　　"余家的顶子（做官）、汪家的银子（富裕）、龚家的杆子（枪）、樊家的锭子（拳头）。"这是当年流传的"濯水四子"的民谣。余、汪、龚、樊是古镇上声名显赫的四大家族。做官，自然是余家。当年族中出了三个进士、五个尚书，是何等荣耀。这座进士宅第的雕梁画栋中，流淌出古朴典雅、书墨淡雅之气，润泽整个古镇。富裕之宅当数汪家。当年汪家是濯水近代工商业的领头羊，经营榨油、酿酒、烟墨、票号、钱庄、运输等产业，门店占据了古镇的三分之一，人称"汪半街"，可见汪家财力之雄厚。最受濯水人尊崇的古镇名人无疑是汪本善和龚沛光两位先生，一个是我国著名的有机地球化学家，一个曾在南京紫金山天台工作，是我国遥感事业的先行者。而樊家的讲堂久负盛名，龚家抱厅建筑则奇特无比，成了濯水人引以为豪的金字招牌。

风雨廊桥

亚洲第一的风雨廊桥横跨于阿蓬江上，虽为现代建筑，但与古镇建筑相得益彰，算得上是渝东南土家风格的标志性建筑。桥长三百多米。主体建筑分为桥、塔、亭三部分。行走在桥上，濯水风光尽收眼底，其柱磴上的诗词楹联，写尽了人间哲学；桥身为纯实木打造，桥上建有塔亭，桥内摆放有红漆长凳。我走走停停，不时在雕花护栏边眺望远山近水，不觉间就走了两个多小时。廊桥与颐和园的长廊有些相似，纷繁富丽的颐和园长廊，它的修建是为庇护大清皇室贵族不受风雨的侵袭，而濯水的风雨桥却是庇护一方、造福一方的桥梁。廊桥不仅遮风挡雨，还给长途跋涉的山民、游山玩水的旅行者一个休憩之处。

此时，如果你走在桥上，你会想到什么呢？是廊桥遗梦，还是烟雨中打着油纸伞的丁香姑娘？或是古镇里的千年秘闻？

穿越金刀峡

北碚有个金刀峡，号称"中国第一险峡"，它地处华蓥山山脉南段向北的尾段上。这一次我实地感受了山谷的壮观和峡谷的险峻，也感受到了火炉山城的炽热。

去金刀峡的路都是山路，它蜿蜒逶迤，盘旋向上，直通峡口。去景区要经过一个"中转站"——扁岩古镇。别看它名不见经传，当年川东地下党就在这个镇上设置了一个联络站——陈记杂粮铺，并围绕这个联络站发展党员，组织地方力量同国民党反动统治进行殊死搏斗。我想把它挖掘出来，不为别的，只是"为了忘却的纪念"。

中午在镇上稍作小憩。我顺势打量了一下窗外的景色，一条围城的齐踝深的河水里摆满了桌子，人们将脚放在河水里，一边喝茶一边摆"龙门阵"，或者吃饭打麻将。

饭后继续赶路。金刀峡海拔不算高（825米），但地势雄伟，峡以险著称；林不算森，但以秀闻名；岩不算峭，但以奇为绝；水不算丰，但以幽迷人。金刀峡全长约九公里，分上下两段。传说峡中有一把金刀，每当夜晚时分，金光闪闪照耀峡谷，金刀峡因此而得名。相传后来这把金刀被大夏国将军张昆获得。

进入景区后，首先映入眼帘的是山麓中一个偌大的空谷，可谓万丈悬崖。游览的方式是顺谷而下，经"千步云梯"，到达山谷的核心景区——峡谷。同行提议坐索道，这样可以免登"千步云梯"之苦，于是跟着上了索道。作为重庆人，我坐过无数次索道，如长江索道、嘉陵索道等，但在万丈沟壑、悬崖绝顶之上来一次一览众山小式的飞跃还是有些畏惧。当索道缓缓向白茫茫的天空滑去，我有些头晕目眩，李白著名的诗句"蜀道之难，难于上青天"原来如此恐怖，我想他要是站在这青天之上，一定会惊呼："噫吁嚱，危乎高哉！"我紧闭双眼，但又不甘心这千载难逢的飞跃，不亲眼俯瞰一下实在遗憾，胸中是十五个吊桶打水七上八下，但同时又有一种山高绝顶我为峰的感觉。这种感觉刺激又惊魂！

峡谷分上下两段，上段由于喀斯特地质作用，地面切割强烈，金刀神工般形成了独特的峡谷沟壑景观。"千步云梯"处应该是整个峡谷最陡峭的地方，基本是垂直下降，一边是绝壁，一边是悬崖，我看着双脚都有些发颤。回头望了望后面那位坐滑竿的女士，下行时整个身子往前倾，左颠右晃的，一点也不轻松，还是脚踏实地安全。下段的峡谷又是另外一番景象，好似一座山岩被一把金刀劈成两半，两边的崖壁光秃秃的，抬头往上看，正是"一线天"。栈道就建在峡谷的半山腰上，有的路段只够一人侧行。我们好似在山的缝隙中穿行，下面是急流的溪水。水是金刀峡的灵魂，上自成雨，下自成溪，或如珠，或如絮，或如泻，或如倾。大小瀑布和溪流坠落的声音在高崖绝壁的峡谷中发出瘆人的回声，好似虎啸，峡谷阴森森的，令人毛骨悚然。这些急流最终都汇集到谷中的河里。每到夏天溪降就成了追逐冒险和刺激的人的乐园。

下游离出口约两公里处水流比较平缓，叫沙溪河。其实就是峡谷中的涧水经人工筑堤汇聚而成，说它是河，却又似湖，没有栈道，游人需乘船而行。船顺着小溪，缓缓地向出口划去，惬意非常。为了感受这种慢，我们和景区的工作人员商量后，坐了一条"专列"独自前行，船在幽幽的峡谷中穿行，溪水清澈见底，不知是谁唱起了山歌，优美的歌声回荡在整个山谷……

出了峡口，坐车绕山返回山门，我们在景区住了下来。推开窗，眼前就是金刀峡的山门，一群游客在霓虹灯下拍照留念。此时，原本光秃秃的山石也变得灵动起来。我突然发现，那蕴藏于山水之天地灵气的是人，正因为人类对金刀峡的合理开发和利用，才给了金刀峡充分的想象力和不同凡响的灵气，才使得峡谷明月如霜，好风似水，水流如玉，才成了我"梦中的香格里拉"。

我记住了峡谷，记住了中国第一险峡的空中惊魂，也记住了当年为这片热土流血牺牲的英雄们！

南宁印象

　　应某资产管理公司的邀请，对我国的主要红木生产基地进行为期十五天的实地考察，广西南宁为第一站，然后沿海一直向东，途经广东、福建，最后从浙江义乌返回。阳春四月正是出行的好时节，朋友们从北边先期到达广西南宁，我搭乘重庆至南宁的班机前往，当飞机穿过厚厚的云层，于傍晚平安降落在南宁吴圩机场时，一颗悬着的心终于着了地。由于飞机晚了约四十分钟，走出机场时朋友们已等候多时，我不由得快步迎上。

　　南宁的朋友们得知我是重庆人时，特地在当地一家"重庆刘一手"火锅店为我们一行人接风。菜品的花色和品种同重庆的火锅店没有什么两样，但生蚝烫火锅却是我从未品尝过的。半生不熟就开吃，我有些畏怯，怕有细菌和寄生虫，但看见朋友们吃得津津有味，面对盛情，我也只好壮着胆子将生蚝往嘴巴里放，生蚝很腥，但很嫩，很鲜。南宁人在酒席上喜欢喝米酒，有一种用蜂蜜调制的米酒，香甜可口，但后劲重，喝着它别有风味，只是感觉重庆火锅出川后就不那么正宗了，但南宁人的热情好客却是正宗地道的。

　　在南宁市红木协会李春贵秘书长的陪同下，我们参观了红木家具卖场和生产现场，并同红木生产商、运营商就合作事宜进行了洽谈，就红木原料的来源、市场发展和前景及目前国内消费市场、收藏品市场对红木的需求进行了探讨。南宁商人给我的印象是能干、精明，但战略发展眼光不够。

初到南宁，给我的第一印象是地面非常干净，看得出南宁市政府主打"绿城""水城"外加红木制品这几张牌，虽然南宁的红木制品没有福建、莆田、仙游的闻名，做工也不算一流，但它拉动了当地的经济，并依托北海发展旅游业，将城市建设成"城在林中景在水中"及旅游居家两相宜的城市。没到南宁前，我一直以为这个城市是一个落后的边陲小城，现在看来，发展速度、城市建设、消费水平、时尚程度，一点不输给上海、广州等地，应该说南宁是一个潜力巨大的发展中城市。

南宁也是一个海滨城市，既然来了岂能不去吹吹海风？于是我提议到海边去看看，为了防止晕车，朋友们让我坐副驾驶，正好用手机拍下一路的风景。吉普车在平坦、开阔的高速公路上行驶了大约九十分钟，北海银滩就出现在我们的眼前，我迫不及待地向大海奔去。

在看似平静的海面上，有几只小船在漂荡，那是捕捞的渔民带着喜悦满仓而归。

夕阳西下时，我意犹未尽地打着赤脚漫步在海岸线上，脚下的沙细腻而光滑，海风迎面吹来，空气中有股淡淡的咸腥味，我伸手理了理飘起来的头发，顺势打量这条向东西延伸约二十四公里的海滩。我发现那浩瀚的大海、追逐的浪花、银色的沙滩、彩色的遮阳伞及海边不远处那连排的别墅和葱绿的棕榈树，在余晖映照下，简直就是一幅美妙绝伦的画卷。此时，我想起了诗人黄河清的一首诗《独步银滩》：

月夜，独步银滩

天宇这样幽蓝

海水这样幽蓝

淡淡地，把月光也染蓝了

夜——深了

帐篷和别墅一片禅寂

渔火和星星一样悠远

抒情的海风

轻柔地，拨弄着

海涛和林涛的乐弦

尘世的欲望，悠悠地

在清凉的月光中沉淀

如果世上有神仙

此刻，我便是神仙

欣赏了大海美丽的风光，接下来该品尝海鲜了。北海有丰富的海洋资源，是我国"四大鱼场"之一，主要海产有海参、鲍鱼、对虾、石斑、青蟹、圣子螺、香螺、大蚝等贝类。聪明的南宁商人在海边沙滩上搭建起海鲜集市，现购现加工，美味一条龙。喜欢清淡的食客，最好的佐餐方式是用清水焯一下，然后蘸着海鲜酱油吃。

在返回的路上，司机兼导游小李问我对此地的总体印象如何。我想说，若把广州比作打赤臂穿着拖鞋的大男孩，把上海比作穿着旗袍的浓妆少妇，那北海就是一位婀娜多姿的清纯少女，而南宁则是邻家少女的闺密。

鹏城纪实——深圳印象

"一九七九年那是一个春天，有一位老人在中国的南海边画了一个圈，神话般地崛起座座城，奇迹般地聚起座座金山……"一首《春天的故事》拉开了鹏城崛起的序幕。几十年过去了，当年祖国南疆边陲的渔家小镇，如今怎么样了呢？带着歌声，我走进了深圳。

记得二十世纪九十年代初，我去深圳参观学习。那时的深圳刚发展不久，街道不宽，楼房不多，人和车却很多，四处是忙碌的人群。那时的深圳被宣布为"经济特区"，它的另一个名字叫鹏程，当时不知其意，后来去了南澳镇，那里有一个响亮的名字——"鹏程"，我才顿悟。我想深圳取名为鹏城，虽然有移花接木之嫌，但取其鹏程展翅之意却是很高名的。那时去深圳还要办特区签证，因为它是我国改革开放，搞活经济的一块试验田。在这块试验田里，国家采取倾斜性政策和人力资源上的支持，吸引了大量资金，促进了深圳的发展。加上当时几乎是唯一的中国看世界的窗口，那些年深圳的确创造了许多神话，比如"深圳速度""深圳时间""深圳奇迹"等，但当时我的感觉这里就像是个大乡镇。

如今，我以旅游者的身份再次来到这里，感觉深圳已经发展成现代化的国际大都市了，它创造了世界城市化、工业化的奇迹，的确如大鹏展翅，腾空而起，举世瞩目。人们抱着不一样的目的、不一样的信念，展示着不一样的精彩。先到这里来创业的人都发了财，大富靠背景，中富靠运气，小富靠勤劳和智慧。深圳的当地人也很快融入这场火热的创业中，他们努力学习普通话，丢掉十分难懂的白话，在激烈的市场竞争中分得一杯羹。

深圳也是一个把"白猫黑猫"理论运用到极致的城市。深圳人也是"特区政策"的既得利益者，为了抓到"老鼠"，他们使出了浑身解数。在这次短暂的逗留期间，我们就住在闺密租住的保安区某住宅小区。保安区地处市郊，改革开放前这里曾经是一个偏僻贫穷的渔村，但现在被打造成了一个个社区，家家都修起了高楼，盖起了楼房。一栋楼房就是一户人家，少则二三十间，多则上百间，他们用最简单的方式——房屋出租，向南来北往的人提供住宿，当起了房东。在这里，几乎家家都做生意，人人都是老板。说到房子，朋友介绍说：2002年他出资300多万元在世界之窗那里买了一套200多平方米的连排别墅，前些年居然卖出了2700多万元的高价，5年多的时间陡然翻了近8倍，房价也像"深圳速度"一样扶摇直上。前些年深圳房价的上涨和深圳的崛起成正比。

作为重庆人，我在深圳特别留意在那里打拼的本土人士。朋友中有开饮食做家政自当老板的，有做美容保健自谋出路的，萍姐就是其中的一位。当年，她嫁到深圳，不久丈夫就去世了。为了生活，她先后干过文员，开过餐馆，还上当受骗过，但最终挺过来了，现在她开了一家青年旅社，为在深圳拼搏的青年提供一个栖身之处。作为同辈，我佩服她年过半百还在那里打拼。靠美容保健谋生的闺密燕子，租了一间不足三十平方米的住宅，不仅自己住，还在里面创造了每月不下万元的业绩，这还仅仅是她的收入之一。在这个弹丸之地，可谓物尽其用。干女儿黄鹤嫁到深圳去后，干脆开了一家英语补习班，那里对于四川外国语大学毕业的她可谓海阔天空，看她那高兴劲儿，收入应该不菲。在她们眼里，深圳是个蓬勃向上的城市，生活节奏快，时间就是金钱，效益除靠智慧外还得靠速度。是的，这里没有闲人，也不相信眼泪，不劳动者不得食，懒人将无法生存。

深圳是中国改革开放产生的一座年轻城市，深圳的唯一长处就是充满活力。满街都是年轻人，老年人却很少，这意味着什么呢？我深感缺少城市的厚重。深圳就像是一座文化沙漠，想了解它的文化要深入到城市里面去"淘"，才能发现隐匿在街头巷尾的文化韵味，而大多数生活在这个城市里的人也过于忙碌而无暇去深挖，这不能不说是深圳文化领域的一个盲点。

在我看来，一个城市没有历史不要紧，要紧的是要有当下的人文关怀。因为这才是未来深圳的历史。如果一个城市的发展史仅仅以成功及获取金钱价值的多少计算，而忘记了发展的目的，如果一味追求高速、奇迹式的现代化而缺少民族的、传统的、道德观念上的培养，那么这种城市发展的目光是短浅的。

横店影视城

横店影视城位于浙江东阳市，景区很大，有秦王宫、清明上河图、江南水乡、大智禅寺、广州街、香港街及明清宫苑、屏岩洞府等景区。

明清宫苑规模大，和真的差不多；秦王宫气势磅礴，雄伟大气；清明上河图环境幽雅，很有江南风韵。目前国内很多影视剧都是在这里拍摄的。吃饭间，我随口问了一句接待我们的小鲁："剧组在这里拍戏要租场地吗？"小鲁告诉我："在横店影视城里拍戏，所有的场地都不要租金，拍多久都可以，但是吃住必须在这里。一般标准间每天收一百八十元，一份盒饭收二十元，一个剧组两三百人，一部剧拍下来，至少得住两三个月，最多时一天有四十多个剧组同时开拍，你算算这笔经费是多少？"

饭后已是傍晚了，小鲁引我们一行去影视城贵宾楼歇息。小鲁说："这个贵宾楼是专门用来接待前来拍戏的导演和演员的，一般不对游客开放的。"同行的小刘在一旁打趣说："那我们这两天就要享受明星级别的待遇哈。"宾主一时都大笑开了。把房卡交给我后，小鲁说："黄姐，你这间房昨天还是某大导演在住呢，明天早点去用自助餐，没准能碰上大明星呢。""嗯。"我笑了笑道。这个贵宾楼看上去非常温馨、浪漫，设施虽说不是一流，但一派欧式装修风格，宽敞的大厅里摆放了许多供人休闲交流的茶座，下面还有一个敞篷式音乐大厅，每到傍晚低分贝的钢琴曲弥漫在整个空间，显得十分高雅，颇有艺术情调。

洗漱后一觉睡到大天亮。同伴们早已用过早餐，正在收拾行装。匆忙中我赶紧坐电梯下楼，却不想电梯下至二楼，进来了演员刘金山和他的助理。我赶紧避让，往电梯里面挪了挪。想不到出了电梯却在餐厅门口看见黄健中（曾执导过《小花》《笑傲江湖》等多部影视作品）从餐厅走了出来。再往里走，里面几乎是成堆地坐着面熟、叫得出名字和叫不出名字的影视明星，如《幸福请你等等我》里那个有几分外国人模样、扮演旅行家的男演员，还有胡亚捷、肖轶、方青卓、陈浩民等。用餐后，我们一行人在大厅集中，小鲁问我们想到哪个景点去玩。一行人中多数是从北边来的，自然对清明上河图感兴趣，于是小鲁又开车送我们前往。

清明上河图是参照北宋画家张择端的千古名画《清明上河图》建造而成，是对北宋市井生活立体动感的呈现，景区占地面积六百亩，气势恢宏，街市繁华，古风古貌，有种景入步移、人入画里的感觉，真可谓万千景观尽在其中。当时正值赵毅主演的电视剧《"糊涂"县令郑板桥》在此拍摄。说起郑板桥，不由得让人想起乾隆年间的那位真正的郑板桥来，他不仅诗、书、画流传于世，其为官之道、民本情怀更令人景仰。"难得糊涂"也早已成了人们的处世箴言。在他众多的诗作中，我最喜欢的还是那首《石竹图》题画诗："咬定青山不放松，立根原在破岩中，千磨万击还坚劲，任尔东西南北风。"每每诵起，总觉荡气回肠，胸中有一种不一样的感觉。

清明上河图景区里面搭建了许多影视摄影棚，《汴梁一梦》的场景供游客们参观拍照，胆大的还可以去感受一把《聊斋惊梦》，那情景真叫鬼哭狼嚎，年龄在六十岁以上、有心脏病的就不让进去了。我属胆大一族，同行的小刘不信，于是我们进去感受了一把，他故意在鬼怪面前假装害怕，然后发出怪叫声来吓我，结果他自己的嗓子都叫坏了，我却面不改色。

还有一个景点——"大破天门阵"的点将台。站在点将台上，我仿佛看见手持帅印的穆桂英英姿飒爽地在此擂鼓聚将，调动千军万马奔赴战场，那种"将士英豪，儿郎虎豹，军威浩荡，地动山摇"的英雄气概，真的让我有一种厮杀疆场、穿越生死的冲动。只可惜，在利益的驱使下，这一庄严的场景成了一场搞笑的打斗表演——《笑破天门阵》，雷人的台词中还穿插了时下流行的网络语言，把杨家的故事彻底改变了。有人说改得好，但我却笑不出来。多少年后，我们的孩子也许就认为大破天门阵就是这个样子了。我为这段精彩的历史故事惋惜，也为时下的低俗文化深感忧心。

走在横店影视城里，感受电视剧里的场景，跨越历史时空，走在明清时期的商街小巷，来一碗烧酒外加二两小卤，再提上两笼大包；或坐在古色古香的亭子里看小桥流水，看云卷云舒，梦一般情景，让我着实体会了一把另类生活。这一场景正如诗人胡永清在横店组诗《清明上河图》里所描绘的那样：

拉一朵最低的白云做伴，初春

信步走入一张千年的画卷

风一直吹，词的上半阕

已被汴河氤氲的水汽，濡湿

坐酒楼最靠边的位置

看行人如织的汴京闹市

穿越千年，连小贩的叫卖

也扭捏着声声慢的腔调

樊楼酒香，陶醉泊岸的舟楫

黛瓦粉墙下，一个背包的诗人

闪身进入悠长的小巷

诗写得不错。这样的场景岂有不赶紧拍下几张照片作为纪念之理！

在横店影视城，每年有一大批影视追梦人来到这里，梦想有朝一日像王宝强那样，即使没有较好的外形条件，也能混出个明星模样来。人们称此为"横漂"一族。每年都有上万人在横店等待拍剧，他们中有专业影视人才，也有影视表演爱好者，有退休的政府工作人员，也有事业有成的企业主。他们为追寻同一个"影视梦"而从五湖四海聚集到横店，成为实现自我的"追梦人"。群众演员成了横店农民独有的"职业"，不分男女、不论老幼，昔日面朝黄土背朝天的人成了影视画面里的常客。

其实，人的一生中，每一个人都是演员、编剧和导演，都会扮演不同的角色，自己这一生该如何扮演，全凭自己，而每一个人都是自己这台戏的主角，是演正面角色还是反面角色，全由自己决定。真可谓：戏说别人容易，演好自己难哪！

义乌记事

鸡毛换糖

我们下榻的宾馆对面是"鸡毛换糖粗菜馆",它是横在义乌大街上一个非常著名的标志性建筑,也是一部浓缩了的"鸡毛换糖"的政治经济学的诞生史和发展史。

短短的十几年,义乌就从做"鸡毛换糖"的小商品生意起家,发展到"华夏第一市",最终成为闻名遐迩的中国小商品世界。可以说,鸡毛换糖作为一种文化,推动了城市的经济发展和人民物质文化水平的提高。更重要的是,它是象征义乌人毫厘争取、积少成多、勇于开拓的创新精神和百折不挠、善于变通、刻苦务实的实干精神,同时也是义乌人经商成功的标志。

义乌小商品市场

它是全球最大的小商品批发市场,总面积100多万平方米,经营商位达4.5

万多个，经营人员10万多人。我估算了一下，以国际商贸城为中心，从A区到H区如果要转完所有摊位，可能要一周的时间。从针头线脑、鞋带、纽扣、拉锁、牙签到精致的礼品、精美的饰物；从鞋袜、围巾、帽子、服装到毛纺织品；从各种玩具、打火机到电视机、各种五金工具和电子产品，凡是日用百货中人们能想到的，没有这儿不卖的。我觉得用小商品来定义义乌的商品范围已经不全面了，应该说"小商品"一词是义乌经营所有商品的总称。也许是因为人们能够以低价位买到所有生活、生产用的商品，所以才亲切地称它为小商品吧。

　　进去转了转，里面的商品批发价低得让我瞠目结舌。一条水晶装饰项链在重庆市面上大概150—200元，但在这里只要20元。做工非常精致、华丽的钻石手链（装饰），才10元一条。当然，数量得500条起批。我走到一家批发钻石（装饰）转运珠的摊位，装着拿批发的样子指着转运珠问道："咋拿？""三千一包。"（一万粒）我心里暗想才3毛钱一颗，在重庆零售价可在4元左右一颗呢。于是我不动声色地说道："我少拿点回去试卖，如果畅销电话拿货。"守店的女孩马上殷勤地递过来一张名片："就算5毛钱一颗吧，每样颜色都给姐配点行吗？"女孩还以为我是多大个买主呢。这里的批发零售价仅为一般商场零售价格的1/3，甚至更低，义乌的商人在所有环节上千方百计降低成本，并且靠良好的信誉吸引回头客，在竞争激烈的商战中让"薄利"与"多销"良性互动，这是小商品市场做大的关键。"无竞争艺术"不是与竞争对手进行"肉搏战"，而是发掘自己的优势，做一些"人无我有，人有我价低"的事情，薄利多销就是义乌批发成功的秘诀。

戏说天涯海角

大巴在马岭山下的公路上穿行，前山后海的独特风光让人目不暇接，沈小岑的"请到天涯海角来，这里四季春常在"的歌声回荡在整个车厢。是的，我寒冬腊月来三亚，上穿短袖下穿长裙。

天涯海角在人们的心中就是海南的代名词，它位于祖国的最南端。一提到天涯海角，脑海里总是会浮现出烟波浩瀚的南海和几块矗立在海边刻有"天涯""海角""南天一柱""海判南天"等雄峙海滨的巨石。难道去海南岛就是看那几块石头吗？我的心中不免疑虑。其实，非也！那么到天涯海角来究竟看什么呢？

来之前为了做到有的放矢，我做了一些"功课"，得知天涯海角在古代不仅是块蛮荒之地，而且还是四大流放地之一。对于这些谪臣来说，到此可以说是他们人生中的一大悲哀。在那个年代，只要是被贬到海南岛的，几乎就没有机会重返中原了。在我的印象中，海南历史上只有宋朝大臣李纲和大文豪苏东坡遇赦回归，官复原职，其余的只能老死或病死在这里。因此直到今天，民间对这个地方都有很多的流传和说法：人只要到了天涯海角，就是走到了人生的尽头，走到了仕途的尽头。因此，这个地方是做官的、做生意的忌讳之地。

　　现在人们到天涯海角都是来旅游的，但当你用"区区万里天涯路，野草若烟正断魂"的心境去感受古人的遭遇时，心情又会如何呢？在古代，交通闭塞，前往海南岛"鸟飞尚需半年程"，因此，凡是被流放到岛上的，来去无路，只好望海兴叹。唐朝宰相李德裕用"一去一万里，千之千不还"的诗句，倾吐了历史上多少贬官谪臣的悲剧人生，很多恃才自傲的文人就是在这种荒芜凄凉的环境中忧郁而死，故天涯海角成了人生的禁地。在古代，中原大陆的人一提到海南岛都是非常恐怖的。

　　这种恐怖成了一种忌讳和禁忌，流传至今。由于忌讳，在那里拍照都是有讲究的。大家去了天涯海角都喜欢在那两块石头前留个影，但是导游一边走一边告诉游客，拍了"天涯"就不要再去拍"海角"，不然人生真的就定格在这里了。我不信，但当我看到"海角"的那一刻，一种落魄和颓败的心情让我最终还是放弃了留影的想法，想想出来旅行，还是图个吉利为好。抬头看看"天涯"石下面有四个大字"海阔天空"。是的，退一步给自己留点余地，能让狭隘的人生之路变得无限广阔。再回头看看进去的大门广场，拍照也是有讲究的，该广场原来叫"八角广场"，后来改为"爱情广场"，现在这块石头搬走了，广场的两边有两根柱子，柱子上面有鸟的形态，它是南方的守护神"朱雀"，两边是东西两汉的护国将军陆博德和马援，值得一提的是，在历史上，正是有了这两位护国功臣，海南这块领土才正式纳入祖国的版图。今天人们将这两位历史功臣塑在中国的南天门，寓意神灵在保护着我们。

　　从广场中间看过去，海面上有两块交叉的石头，叫"日月石"，如果你傍晚来，站在这里，看到明月冉冉升起就会想起著名诗句"海上生明月，天涯共此时"。这里应该是最好的意境。但如果你站在观看的平台上，以两块交叉的石头和旁边两根柱子为背景拍照会是什么情景呢？相当于一个"凶"字架在自己的头顶上。如果你刚好站在交叉的石头下面，人与石头形成一个杀字，这是一个"凶照"（凶兆）。因此，此处的景虽好，要留影得破景，这是游客们来此地留影一定要注意的。

这几年天涯海角被改造过许多次，原来站在大门就能看到这两根柱子，但现在两边种了两排椰子树，刚好将两根柱子挡住了，我们进去时只能看到两块交叉的风景石。不知去过此地的朋友注意过没有，广场大门进去是一段下坡路，一直到"天涯海角"，这种走下坡路的格局是否暗示着什么呢？这种自然的景观格局同全国其他的任何一处景点都是不一样的。往上走，上台阶，寓意步步高升。为了调节这里的风水，先后增加了天涯海角星，四周是蟾蜍和喷泉，中间是块天然的水晶球，寓意有求必应。去了天涯海角的人出来时都会围着这个转运的水晶球兜一圈，让自己转转运，将阴气和晦气丢在那里。

尽管天涯海角自古以来的传言和说法颇多，但我却在天涯海角看到一对对即将走进新婚殿堂的情侣喜笑颜开地拍摄婚纱照，说明天涯海角不再像古代喻指的那般了，已经成了非常浪漫的爱情见证地，是一个可以抒发感情的绝佳之地。在这里，可以不分国界，不分肤色，让大海见证忠贞不渝的爱情。在这里，如果你们是一对情侣，请牵起对方的手，伴你到天涯，伴你下海角；如果你与父母同行，请牵着他们的手，这样你会有心连着心的感觉，一家人天涯海角都过来了，还有什么过不去的呢？如果你只身一人，请站在天涯海角石上，给你最亲的人打一个电话，让对方感受到此时此刻你思念的人就是他（她），他（她）会多么欣慰和感激！此时此刻，如果你给一个曾经有过积怨的人打个电话，无须多说，只告诉他（她），你是在天涯海角打给他（她）的，一定可以泯恩仇。只有在天之涯、海之角打这样的电话才能触景生情。

　　天涯海角究竟有多远？在我看来不过就是几个小时的路程而已，何足挂齿。其实，真正的距离不是没有通信、网络，而是心没有归属。

游博鳌玉带滩

从"红色娘子军"出来，乘车直驱博鳌会址。此地以"博鳌亚洲论坛"名扬海内外。一些国家领导人、工商界领袖等知名人士都来过这里，可以说最有智慧的脑袋、最有钱的口袋，都曾会聚在这里，因此这里被称为中国的"黄金口岸"。这里还有一条"分隔海河最狭窄的沙滩半岛"而被认定为"吉尼斯之最"的玉带滩，它是镶嵌在琼海这座城市里的一颗璀璨的明珠。

坐在车上我就在想，博鳌水城本是一座名不见经传的小渔城，为什么亚洲论坛会永久性地定在这里，一夜之间成为世界的焦点呢？回想游览海南时，这里没有跨海大桥，所以给人一种世外桃源的感觉。除了自古以来这里就是风水宝地外，我想其功劳应该归结于被誉为"博鳌之父"、国人家喻户晓的影星白杨之子——蒋晓松，当年是他将博鳌点石成金。

博鳌以水著称。水代表财富，有水就有财，因此博鳌水城所有与水有关的形态在易经学上讲是"山助贵人，水助财"。这里没有山，但我们却看到了一座塔，叫东方文化院，它就像一座山峰。这样前面是水，后面是山，博鳌有山有水的风水格局就形成了。从博鳌地名上看：博，取博日、博览之意；鳌，独占博头也。故蒋先生形容博鳌的八字箴言是："博览天下，独占鳌头。"博鳌地名的由来就是三江交汇处有一个岛屿，其形态酷似一只巨鳌。

传说亿万年前，南海龙王敖钦的女儿小龙女艰难地产下一子，取名鳌。鳌降生时，龙翔凤舞、百鸟齐鸣、海天一色金光。而鳌长相奇异：龙头、龟背、麒麟尾。龙王见女儿竟生此怪物，勃然大怒，一气之下抽出腰间玉带抛向水间形成玉带滩，阻隔小龙女和鳌回南海。小龙女苦苦哀求龙王，却三秋未果，最终心力交瘁，面向南海化作龙潭岭。鳌见母此景，凶性大发，祸及百姓，观音闻讯，足踏莲花宝座赶至南海，与鳌斗法七十二回，终将鳌收服。降惊涛骇浪为龙滚河，聚百川千水为万泉河，合纵溢横流为九曲江，三江汇拢鳌头，直泻南海；赐金牛一头，形成金牛岭，并在三江之地施五百宝器，天降财宝，地涌甘泉，财源茂盛达三江一说即由此而来。观音点化鳌成鳌龙，留下原身化作东屿岛；卸下莲花宝座，即现在的莲花墩，乘鳌而去，留下身后这片美丽而神奇的宝地——博鳌。唐代怀仁和尚有言："伏鳌者圣，得鳌者贤。"在这里，一切有关山与水的命名皆与鳌有关。

鳌究竟是什么样子？有谁见过？中国的传统文化认为每个方位都有一个守护神，东方是青龙，西方为白虎，南方叫朱雀，北方称玄武，玄武又名鳌，即玳瑁。另一种版本说鳌是龙的第九个儿子，所以博鳌当地的老百姓世世代代生长在龙背上。有副对联叫"生意兴隆通四海，财源广进达三江"，博鳌就聚集了三江之财水。从博鳌会址出来，坐观光船横穿三条河，向对岸那条金黄色的沙滩驶去，从江面上俯视或远眺，在湛蓝的天空下，江的对岸有一条金光闪闪的狭窄沙滩，就像一条玉带，游客们不由得发出惊叹。在海的中央，竟会有个小沙滩，如果是普通的沙滩早就被冲走了，可玉带滩却屹立在海的中央，难道真的像传说一样，玉带滩是龙王的腰带？

船靠了岸，滩上人山人海，看来这滩名气不小。突然一只动物进入了我的视线，很多人抱着它在照相，或许这就是传说中的鳌，这只动物约十斤，有些像鳖，它真的像传说中的那样相貌怪异，看起来凶巴巴的，一点也不可爱。如果说喜欢它，纯属叶公好龙。

站在沙滩上可以一滩观两界，看到两种不同的自然景观：一边是波涛汹涌的南中国海，一边是万泉河、九曲江、龙滚河三江交汇平静如镜；一边是海水，一边是淡水；一边是动态，一边是静态。外侧南海烟波浩渺，一望无际，层层白浪扑向岸边，放眼远眺，海水的颜色分三层——略黄、浅蓝、深蓝直至天边；内侧万泉河、沙美内海湖光山色，远处航船星星点点，近处海鸥起起落落。最妙的是一条长长的金黄色的沙滩静卧其间，将江与海柔柔地分割开来。江与海动静相衬，构成了一幅奇异的景观。地形地貌酷似澳大利亚的黄金海岸和墨西哥的坎昆，在亚洲地区可谓仅此独有。其实，它是上亿万年不断被冲刷堆积而成，最后形成了一条天然的沙滩半岛。

此时，我也想在三江交汇之处洗个手，沾沾三江之财气，于是向江边走去。水面波光粼粼，岸上岛撑绿伞，船上渔歌起落，滩上游人如织。那沙滩、奇石、温泉、棕榈树、田园构成了一处人间仙境。再往南海走去，只见海面上有一组突兀的礁石，那便是"圣公石"，状如累卵，历经千百年的风吹雨打仍在海中央岿然不动。我想把它拍下来做个纪念，刚走到海边，一个汹涌的波涛伴随着层层浪花向脚下扑来，猝不及防的我除了惊叫不知所措。这个瞬间被同伴成功抓拍，这幅"作品"成了他们当晚茶余饭后的谈资。是的，在海边很多人在拍景，却不想自己成了别人的风景，我也在这样的风景中美了一把。

在这里，每一段时光都成了故事，成了一段挥之不去的人生经历！

雨夜踏浪

在海滨城市看海，大多是选择风和日丽的日子。但是大雨滂沱的秋夜去海边玩，还是有别样的感觉呢！

住在惠州海边的公寓里，凭窗眺望，珠江三角洲、南海大亚湾等迷人的南国风光尽收眼底。夕阳下的惠州十里银滩，可谓"半城山色半城湖"。

临近傍晚，望着窗外下个不停的大雨，闷热的房间实在无趣，突然想冒雨去海滩走走，体验在夜雨之中海边踏浪的念头，要是能亲身感受一下"风吹海水千层浪，雨打沙滩万点坑"的意境，是件多么惬意的事情啊！于是，我披了雨衣就往外走。

走出公寓，海滩就在前面。迎面的海鲜一条街此时正灯红酒绿，丝毫没因大雨而变得萧条。闻着烤海鲜的香，绕过一长排小木屋，海滩就到了。这是一条被称为十里银滩的海边堤坝。没想到，人还真不少，有来海边拍夜景的，有拿着手电筒在海边的礁石旁捉螃蟹的，还有三三两两的人坐在沙滩的草亭下歇息。顺着海面望去，木船上的渔民正在撒网捕鱼，海面上不时有海鸟追逐。两岸渔火闪烁，海湾波光粼粼。

夜幕下，看不见海的蓝，也看不见浪的白，赤脚沿着海岸线走，身后是一串串的脚印，耳际是风声、雨声和海浪的拍打声。层层海浪向我涌来，海水顺着我的脚丫爬上我的双膝，再轻轻地退去，脚印也随着海浪远去。此时的海滩在我眼里是有生命的，它始终拥抱着海浪，为奔腾不息的大海提供宁静的港湾。

海边除了平坦的沙滩，还有怪石嶙峋的礁石，礁石的最高处放置了一台硕大的钢琴模型。沿着高低无序的石台阶爬上去，站在礁石上，海风中弥漫着淡淡的腥味，海浪有规律地涌过来，"哗——哗——"的海浪声拍打着礁石，好似演奏着气势磅礴的交响乐。我闭上双眼，融入夜幕下的雨夜中，情不自禁地伸出双手，拥抱这深蓝色的夜。

大海让我的心胸变得开阔，情感也随着这多情之夜氤氲开来，海的博大、深邃、广袤令我动容，情感也随海浪的起伏嵌入大海，时间仿佛静止，一切是那么美妙。

这时，撒网的渔民开始收网了，岸上人的目光都聚了过去。有人说秋天雨夜捕鱼一定是大丰收，也有人说雨夜捕鱼收获甚微，于是看客们打起赌来，硬要守在那里看个究竟。也许他们和我一样都是没有捕捞常识的外乡人。这时我提议去吃夜宵，在我看来，留点悬念也许是好的。其实生活多么像这波涛汹涌的大海，有涨也有落，有潮也有汐。人生既有丰收的喜悦，也有暂时的悲戚，还有功亏一篑时的遗憾，但只要你精神不倒，信念不灭，明天总是充满希望的。

夜雨渐渐停止，此时的夜空月光如水，我回头看了一眼海滩，它是那么幽静，海面则有"长烟一空，皓月千里，浮光跃金，静影沉璧"的感觉。一曲悠扬的《我爱这蓝色的海洋》回荡在夜空，我的脑海里盛满了那片海，我的胸襟中盈满了博大的感悟，还有这个难忘的海滩……

漓江秋色

秋天的漓江像一位骨感美人，楚楚动人。湛蓝的江水缓缓地流淌着，似一条蜿蜒的玉带，缠绕在苍翠的奇峰之中。

堤岸上碧绿的凤尾竹随风摇曳，似少女的裙裾，婀娜多姿。几叶木舟漂荡在翡翠的江面上，成群结队的白鹜鸭在江岸上、碧水中悠闲地嬉戏。那峰峦之间绿水之上泛起的一轮金辉，又给漓江披上了一道华丽的纱衣。

漓江的山小巧而圆润，像窝窝头，又像成熟女人的乳峰，丰满而灵动。漓江的水清澈见底，像幼童的双眸，纯洁得没有瑕疵。顺着江面看过去，山峰倒影在碧水之中，正如古人云"分明看见青山顶，船在青山顶上行"。我在一个叫漓江第一景的地方，摸出一张二十元人民币，将币上的山水背景和眼前的景色对照了一下，分毫不差。此时，夕阳正挂在山峦上，江天一色、霞光一片。山上有个夕阳，水中也有个夕阳，我不知道哪个更高，哪个更远……

夜幕渐渐降临，山水融为一体。只见江面上泛起点点渔火，随风漂来几只竹筏。哦，那是渔民带着训练有素的鱼鹰开始捕鱼了，只见鱼鹰忽地一跃，跳入江中，不一会儿就叼起一条半尺长的鱼，渔民"坐收渔利"。夜幕下，一团渔火就是一只捕鱼的竹筏，这景致像小时候母亲领着我们几姊妹在花溪河放河灯的情景。少年时代的我将满腹的希冀折叠成一只小小的纸船，放入缓缓流淌的河水中，我想那一盏盏渔火，同样盛满了渔民的理想和希望。

遐思中，夜雨突然袭来，景色在我的面前瞬间变成一个个逗号，雨打船篷，像一阕清词，平仄有声，又像一首抑扬顿挫的音乐。但我怕随后几日的游览天公不作美，于是心中郁闷起来。来此地多次写生的画家小王却说，游览漓江有一个绝妙之处，就是不愁天气变化，天气不同，漓江的景色就不同。晴天看青峰倒影，阴天看漫山云雾，雨天看漓江烟雨，阴雨天则看烟波浩渺的泼墨水彩。徐悲鸿的传世之作《烟雨漓江》就是在这样的情况下完成的。在画家眼里，一切自然景色都是美丽的。是的，只要心情愉悦，内心阳光，一切都是美好的。

雨后的清晨则另有一番景象：薄如蝉翼的云雾舒缓地洒在江面上，那是漓江最温馨的时刻，雾越来越浓，雾锁江岚，使漓江更梦幻、更有诗意、更让人难以忘记。那连绵起伏的小山脉，那两岸的渔家房舍，那碧绿的江水，那摇曳的凤尾竹都隐于迷雾之中。

一大早三三两两的女子就在江边捣衣，敲打着还在沉睡中的漓江，空气中浸润着绿水青山的气息。江面上不时有黑顶莺飞来，时而俯冲，时而盘旋，时而蹲在满是鹅卵石的河滩上觅食，而后又隐于丛林之中。头顶上一群极北柳莺在竹林中齐声高唱，声音清脆但只见其声，难寻其影。

天亮后云雾也慢慢退去，流动的河水又载着停靠了一夜的大小船只起锚了，迎着晨曦，航船推开了一碧江波，层层波浪向岸边漫延过来。我不由自主地举起相机，想寻找一个最佳的拍摄角度，将江与船、物与景纳入我的广角之中。这时一个温馨的画面撞入我的镜头：一个小伙子背着一个九十多岁的老阿婆向江边的游船走来，身后是一个长者牵着一个小女孩，一个年轻妇女背着一个旅行包，拿着一根拐杖跟在后面，看得出这是一家四辈人的温馨出游，其天伦之乐羡煞旁人。船家也连忙从船头跳了下来，接过小伙背上的老阿婆，小心翼翼地搀扶进船舱……

都说桂林山水甲天下，阳朔山水甲桂林。从漓江到阳朔这八十多公里的水程却浓缩了桂林山水中所有的美。漓江之美可以将岁月倒置、变形、拼凑，凝练成一份纯粹的美。而人性之美与环境之美的和谐统一，则让漓江的秋色更加多姿多彩，这是我在漓江用心灵去感受到的一幅最美丽的秋色画卷。我想这应该是一种境界：和谐、从容、深远、雅致。如果一个人活出了漓江秋水的韵味，生命就达到了一种极致。

龙脊行

瑶寨风光

告别漓江，从阳朔出发慕名前往桂林龙胜。龙脊梯田这座号称"世界原乡"，被誉为"挂在天边美景的大山"，让我们心驰神往，但这也是一段艰难的旅行。

早上出发，几个小时车程后就进入南岭山地的龙胜地段，眼前不再是漓江那样的小巧玲珑窝窝头式的小山峦，而是高大、雄浑、连绵起伏的茫茫大山。越野车沿着郁郁葱葱的山间公路前行，溪水或涓涓细流，或飞流直下。龙脊梯田观景区不经意间就呈现在我们的眼前。在山寨大门停好车，背上行囊，正准备按指示牌进寨找住宿，就有两个瑶族妇女前来搭讪，经过一番讨价还价后，她们接过我们肩上沉重的行李包，领我们沿着上山的大路走去。这条大路宽敞且平整，看得出应该算是龙脊的脸面。上到半山腰时，我们就跟着她俩曲里拐弯地沿着一条青石板铺成的小路拾阶而上。这是一个依山傍水的山寨，竹木叠翠，风景秀丽。远远看上去，一片五颜六色的房子悬挂在半山腰。寨里面的房子大都是木质结构，两三层高的吊脚楼依山势而建，这栋连着那栋，这家挨着那家，既曲径通幽，又豁然开朗，这就是瑶寨的建筑特色。拾级上楼，木质的楼板会发出闷响声，还好四周很安静，也就弥补了这一缺陷。

收拾停当，见天色还早，于是我们兴冲冲地往龙脊梯田赶。龙脊山势陡峭，山形巍峨，海拔在千米之上，如果想免爬山之苦，可以坐索道，但那样爬山之乐、梯田之幽就感受不到了，于是我们决定徒步。大山深处树木撑天，枝繁叶茂。秋季的广西雨量丰富，昼夜温差很大。时而梨花带雨，天气时而云山雾罩，时而又晴空万里，可谓变幻莫测。还好此时阳光明媚，缕缕金晖透过密林，投下斑驳树影。万顷梯田层层展现，似数百把开启的油纸扇从山脚逐渐加宽延伸至山顶。稻田有的小如田螺，有的大如池塘，有的则高似铁塔，错落有致，还真有些像巨龙的脊梁。抬头往上看，龙脊的最高顶——金佛顶上站满了人，看得出他们都是在等着拍晚霞，于是我们埋头继续朝万木丛林的山顶攀爬。

终于爬到山顶。如果从对面山上望过来，这座山像一尊大肚弥勒佛，笑眯眯地稳坐在天地间，所以得名"金佛顶"。传说这尊金佛是乘着一只巨大的凤凰飞过来的。每到仲秋稻谷成熟的季节，金佛顶上就可以看到"金凤展翅"的景观，从山顶一侧俯瞰，正好"凤凰回头"。"金凤展翅"像一只巨大的凤凰展翅欲飞，"凤凰回头"则由数百条千余米长的田埂叠在一起，组成一只巨大的凤凰。凤凰是传说中的百鸟之王，它回头看村寨是吉祥和谐的象征。

几百年来，龙脊当地村民凡办红白喜事不敢放鞭炮，怕惊跑了这只凤凰。只是我们来的时间好像早了十多天，稻穗正在灌浆，层层梯田还是绿油油的一片，没有那种"喜看稻菽千重浪"的壮观景象。站在龙脊的最高点金佛顶上眺望，"金凤凰"的画面没有出现，倒是有一只"绿凤凰"回头望着我们。同行中的拍摄者很是遗憾。我是个乐观之人，能看到"绿凤凰"也不错，能看到这么恢宏的人造梯田，能感受到当年改造这座山脉时的巨大工程，也是一种见识，更令人欣慰的是，今年的丰收在望。

当晚霞慢慢地探出头来，大家就开始调整相机的角度和三脚架的位置。只见天边的云彩由浅蓝逐渐变成浅黄，慢慢变成金黄，一道霞光突然跳了出来，一轮火红的夕阳占据着天空。夕阳虽然没有朝阳热烈，但比朝阳矜持；没有朝阳鲜亮，但比朝阳火红。当夕阳西沉后，晚霞由金红变成血红，再由血红变成紫红，紫红色越变越深，越变越浓，逐渐缩小范围，最后天边只剩下一线暗紫色，就像一堆快要熄灭的火苗，只有零星的余火跳动着，慢慢地，远近的景物都融入一片苍茫的暮色之中……

天空忽然就灰暗下来，我们面面相觑，内心顿时慌乱起来，连忙收拾行头往山下赶。下到半山腰有一个三岔路口，看不清路牌，也没有多想就往右边下山，以至于走岔了道（离宿地越走越远），还好我们及时停了下来，并沿路返回岔路口。这时，天色更晚，我们几个人同时拿出手机对着路牌仔细确认下山的路径，最终摸着"夜螺丝"跌跌撞撞地下了山。

进寨后，新的问题又来了，面对模样几乎一致的木质楼房、七弯八拐的小径，夜幕下我们再一次迷了路。更巧的是我们出门时都没有记下宿地的门牌号和店主的电话号码，只隐约记得那两个姐妹姓潘，一打听，才知道这个姓是红瑶寨的主姓，百分之八十的人家都姓潘。这下大伙全都傻眼了。夜更深了，寨子里面的人开始闭灯歇息了，怎么办？突然，我想起了下楼时在楼的转角处，见过一张"三好学生"的奖状，上面好像写着"潘浩"的字样。最终我们以此为线索找了回去。

一包泡面充饥，收拾停当，看看表，刚好子时。

这次龙脊之行可谓收获多多，但山高路远，且走了不少弯路，教训深刻，还好有惊无险！

红瑶风情

"一梳长发黑又亮，梳妆打扮为情郎；二梳长发浓又亮，夫妻恩爱情义长……"清晨，嘹亮而清脆的歌声从木质的门窗传进来。这不是广为流传的《长发瑶》吗？好动听的民歌，如莺啼，声音纯净得像一汪甘泉。在广西龙脊竟然还有如此优美的歌声？难以置信。翻身爬起来推开小木窗，只见几位红瑶大嫂在院坝一边梳头一边放歌。于是我们赶紧穿好衣服，下楼去看个究竟。

正在为我们煮早餐的店家妹子见我们下楼，笑眯眯地看着我们。这个寨子以潘姓为主，过去靠刀耕火种，很难自给自足，一个字"穷"，但这里的妇女以好蓄长发闻名，并记入世界"吉尼斯群体长发之最"，以好对山歌和妇女喜好穿红色的衣服而闻名，故称"红瑶寨"。

我们住的这家旅店实际上是两个姐妹合开的一家家庭旅社，姐妹俩负责招揽生意，姐姐的儿子掌厨，妹夫掌管内务。姐姐老成、不善言辞，上穿无领绣花的黑布衣服，腰束红色宽腰带，下穿黑色的裙子，脚穿老式的布鞋，这是稍年长的瑶寨妇女的传统打扮。她长发及地，正在院坝里梳头。只见她站在凳子上，侧着头，将长发悬空，梳顺一段后就缠在手腕上，再往下梳，全部梳顺后就将头发一圈一圈地盘在头顶上，最后将发尾挽成一个发髻放在前额。戴着一对大而重的银耳环，身上挂了不少银饰品，走起路来叮叮当当的，很有趣。妹妹则性格开朗，早已将长发放了下来，并齐腰剪断，梳了一对长辫子，穿着打扮和我们并无二致。

细看红瑶妇女们梳妆打扮，看上去一样的发型，实则有很大的不同。感觉她们的盘发非常讲究，乌龙蟠发型是已婚已育者，盘出了像龙脊梯田般弯弯曲曲的韵律；螺丝蟠发型是已婚未育者，盘出少妇的别致和俊俏；尚未婚配的小阿妹则将头发盘好后用头巾遮掩着，越发显出含蓄的美。据说以前她们的长发必须在进入洞房那天由新郎亲自打开，因此未婚阿妹的头发除了父母，一般人是很难看到的。这些女孩大都惜发如命，整个盘发过程不过三五分钟，然而起起落落间，就盘起了瑶族女人的一生。

如今这一习俗在渐渐改变，有的阿妹披着长发走在大街上，这是一种进步，我为这种进步叫好。

我发现这个寨子的妇女发质很好，头发又长又黑又亮，几乎没有看到头发花白的，一问才知她们都是用淘米水洗头。红瑶每家每户的火塘旁都会有一个陶罐，里面装的就是贮存起来的淘米水，经过火塘的烘烤，淘米水就成了她们独特的护发秘方。她们从不用洗发液之类的洗涤用品，一到太阳天，就将头发用淘米水洗涤，再用山泉水清洗干净，然后披着长发站在坡上晾晒，常常会引来众人围观，也会引来游客们的追拍，其场面不亚于一场山歌对赛。也难怪长发是红瑶寨的三大特色之一。

说到山歌，那位看上去憨厚敦实的瑶家汉子——"妹夫"说：这个寨子过去青年男女处对象都是用唱山歌的形式，还风趣地笑侃："当年唱了好多情歌才把阿妹追到手的。"我们趁机起哄，让他们来一段情歌对唱，妹妹笑了笑大方地将长辫子往身后一甩，唱道："三月里来是清明，情哥打工要远行，情妹哭起来送行……"妹夫："五月里来是端阳，情哥情妹情义长，郎挂心肝妹挂肠……"一曲下来，意犹未尽，接着夫妻俩又扯着嗓门继续唱道："为什么九曲银河绕山梁，为什么七星伴月舞风浪，为什么龙的脊梁搭天梯，为什么崇山峻岭银波荡漾……哎哟哟。"

唱山歌是前些年红瑶寨的男女青年表达爱慕之情的主要方式，谁的山歌唱得好，谁更勤劳，谁就拥有更多的爱慕者。但随着时代的变迁，特别是手机的出现，如今的年轻人谈恋爱更多的是使用手机。在先进取代落后的同时，这些传统的民族文化也在逐步消亡。这不能不说是一种遗憾和悲哀。

我心里惦记着那长发飘飘的洗晒场面，本想第二天到后山的洗发场去实地感受一下，将自己不长的头发也洗洗晒晒，没想到第二天大雨倾盆，只好打消了这个念头。

红瑶服饰

清晨，我被一阵叽里呱啦的瑶家土语扰醒，见天色大亮，于是穿衣走了下去。厅堂一角堆了不少手工制品，店家两姐妹背着背篓和三三两两的瑶嫂往外走，一问才知道是去赶集，慌忙扒了两口饭，追了出去。

黄洛瑶寨坐落在背靠龙脊山的桑江岸边，河水穿寨而过，两座铁索桥联系着两岸人家。这里民风民俗保存得比较完整，它是龙脊十三寨中唯一的瑶族村寨，大约有六十户人家。这座寨子里居住的红衣瑶是瑶族的一个支系，之所以称为红瑶，是因为寨里的女性热情似火，以红色为美，喜欢穿红色服饰而得名。妇女们穿着桃红色的衣服，穿行于绿色森林，劳作于田间地头，好似一朵朵盛开的桃花。这一景观被世人誉为"桃花林中的民族"。

集市上多彩的民族服装挂满了整条街，很是热闹。对红色情有独钟的龙胜红瑶是桑蚕部落的后裔，长期保留自织、自染、自绣、自制服装的传统风俗。衣服分绣衣和织衣，这里的妇女都是绣花高手，制衣既不需要描图打稿，也不需要模具，全凭一双慧眼、一双巧手绣制而成，堪称瑶家一绝。织衣主要是以白线为经，红线为纬，用古老的织机织就、缝制而成。在诸多图案中，最醒目的是胸前左右有两个两寸见方的图案。据说这是"瑶王印"的象征，有了它，无论走到哪里，"红瑶"之间都相互共认，就能得到"瑶王"护佑，安居乐业。"红瑶服"其红可分为两种：一种是桃红，另一种是大红。除红色外，有一片色的藏青色，也有镶成彩色图案的衣服，但都用红丝线为主色调，衣服上的绣花图案一般为对称图案，内容千姿百态。有的红衣上水纹托着船形的图案，船上还载有若干人，这正是瑶族祖先迁徙的场景。传说中的瑶族始祖盘瓠是一只五彩斑斓的龙犬，时刻保佑着瑶族人。瑶人遇到困难时，总要默念始祖盘瓠，所以就在衣服上挑绣五彩图案，以示不忘祖。那藏青色棉布做底，红丝线为主色调所绣的图案上有瑶族人崇拜的各种图腾，如犬、龙、狮、鹿、麒麟、凤凰等，针绣精致，形象生动，寓意深刻。在瑶人眼里，一个图案就是一行行整齐的文字，它反复向世人宣读瑶族生命的历程，和千百年来瑶人于困境中开创希望，创造未来的一种精神境界，同时用视觉形象地表达瑶家民间的古老文化和人世间的美好。当然，绣在衣上的图腾图纹并非我等过客一时就可读懂。

集市上有一件叫花衣的绣衣吸引了我，面料虽然普通，但据瑶妹说她绣了整整一年半的时间，有的绣衣花时间还会更多。当然，售价也不菲。这么复杂的工艺、这么多时间，在经济快速发展、服饰种类不断丰富的今天，她们还是一针一线传承这份民族遗产是很不容易的。红瑶服的下装一般配裙子，红瑶裙有青裙与花裙之分：青裙以青布制，平时穿易缝制。花裙分上中下三节，制作过程繁杂，上节纯青，中节有蜡绘靛染，绣有镂花，下摆用红、绿相间的十二个小块绸布缝制，裙脚滚有花边。因个人年龄兴趣差异，花纹各不相同。一套女式瑶装，不论盛装还是便装，彩色腰带是必不可缺的。腰带也以红色为主，绣上色彩多样的花，腰带最出彩之处是花须，配在腰上走起路来左右摇摆，显得风情万种。

集市上还有许多精美的小饰品，如木梳和小银梳。我喜欢那种吊丝银梳，既可梳头也可作为头上装饰，还有很多银饰，如手镯、耳环、银帽、戒指、雕花等。青色为底的方巾包头布过去是瑶家女孩的必备品，它的四角绣上八角花，寓意八面玲珑。包头时，将其中一角露至额间，看上去有几分犹抱琵琶半遮面的韵味。

在红瑶，不同年龄阶段的人着装打扮是不同的。已婚已育者盘的是乌龙蟠，头发上多用银梳或发簪，上衣多为黑布绣红花或黑红相间的织衣配着黑色的裙子；已婚未育者盘的是螺丝蟠，上衣为黑红相间的织衣或者红色的绣花边衣服，配红绿相间的百褶裙，有的头发上还插着新婚的吊丝银梳、花簪什么的；只有未婚的女子穿着鲜艳的红布衣服，将长发盘起来后再用红线角边的包头布包起来，看上去有着古典美，体现出一个古老民族服饰的审美情趣。只是如今那包头布只是一种作为装饰披在头上，因为许多瑶家妹子早以将长发放了下来，长发飘飘像瀑布，不再是新婚之夜由新郎揭下。不管是哪个年龄阶段的妇女，脚上都是一双黑色的布鞋和打着黑色及藏青色的绑腿。大多数红瑶女一直穿着传统的服饰，保持着原有的特色。

男子就看不出什么特色了，也许是为了方便劳作，就穿着现代服装，但在重大节日，他们还是会穿上传统服装。红瑶寨的服装多少年来没有什么变化，但随着时代的变迁和对外交流的增加，很多女子都不再穿本民族的服装了，随着当地特色旅游的开发以及当地政府为了加强对红瑶服饰文化遗产的保护，红瑶人再一次把民族服饰穿上身。其实，民族的，才是世界的。我为当地政府保护民族文化所采取的措施叫好。

在龙脊，不管是赶集做生意，还是上山干活，抑或是为游客背包扛行李的，基本上都是女人，看得出她们是一个家庭的顶梁柱。她们用看似柔弱的双肩挑起一家人生活的重担，对瑶家这些勤劳的妇女，我送去了深深的注目礼。

胡杨礼赞

我曾钟情于挺拔刚毅的青松，也曾留恋于清淡高雅的翠竹。可是，最让我刻骨铭心的却是那千年不朽的胡杨。

——题记

一

这是一个神奇的树种，它的生长总是让人意想不到……

越野车在大漠孤烟、黄沙漫卷的公路上穿行，满目所见浩瀚与苍凉、雄俊与荒芜并存。但就在这戈壁大漠的额济纳旗，居然有一片绿色森林，那就是胡杨林。

秋天的胡杨林一片金黄。漫步在胡杨林中，仿佛进入一个神话世界。茂密的胡杨千奇百怪：有的像龙蛇盘踞，有的像虎豹对视，有的像骏马惊立，有的则金鸡独立。似恐龙、似巨蜥、似鳄鱼……粗壮的几人难以合抱，挺拔的七八丈之高，令人惊奇不已，这是我在巴丹吉林大沙漠的弱水河畔看到的胡杨林原始的景象。一眼望去，阳光下金色的树叶衬着湛蓝的天空于风中起舞，那强烈的反差、鲜明的影调、亮丽的色彩，足以令任何文字都显得苍白无力。

额济纳的胡杨与众不同，得益于黑河的滋润。黑河从连绵的祁连山蓬勃而出，源源的雪水流经戈壁，收纳万川之水，最终点化了这片荒芜的沙漠，使这里的胡杨演化成一片神奇的绿洲，它既有新疆著名的木垒胡杨的沧桑，又有沙漠胡杨的雄浑；看似孤傲，却不失灵动；有着形态上的鬼斧神工和夺人眼球的惊艳。千里迢迢来到此地，只要待上片刻，就会永生难忘。

更为奇特的是，胡杨这种看似其貌不扬甚至有些丑陋的树种，却是固守荒漠的勇士，是地球上最古老的物种之一。它的祖先从第三纪古新世地层中，顺着河流的方向，经敦煌的铁匠沟，翻山越岭一路走来。这一走走了约六千五百万年，它一路抗干旱、御风沙、耐盐碱，顽强地生存繁衍于沙漠之中，因而被人们赞誉为"沙漠英雄树"。这就是胡杨生命不息的奇迹，也彰显出胡杨生命中那不可抹去的尊贵。

二

这是一个多变的树种，春夏为绿色，深秋为黄色，冬天为红色……

经过春风的滋润，胡杨伸出嫩绿的枝杈，展现出无限生机；经过夏雨的洗礼，郁郁葱葱、枝繁叶茂，尽显大漠瀚海之风骚。当漠野吹过一丝清凉的秋风时，胡杨林便在不知不觉中由浓绿变浅黄，继而变成杏黄了。登高眺望，金秋的胡杨林遍布大漠，汇集成金色的海洋。随着气候的走低，一夜霜降，胡杨林由金黄变成金红，如晚霞一抹。此时的胡杨完全可以和香山枫叶媲美，不同的是每一棵高大的胡杨树冠枝头，间或有浅绿、淡黄的叶片闪现，让人眼花缭乱。秋风乍起，胡杨金黄的叶片飘飘洒洒地落到地面，大地如铺金毯，辉煌而凝重。最后它将化为一片褐红，与飘落的白雪紧紧相拥。

在这看似风光的季节轮回里，大自然对胡杨是苛刻的。胡杨为了生存，首先要经受住盐碱的浸渍，在漫长的进化中，生成了耐碱的性格。另外，为了在戈壁荒漠中获取生存必需的水分，只能把根系伸向二十多米深的地下层寻找沙下的泥土，并深深根植于大地。为了适应戈壁大漠高蒸发量的环境，胡杨的一生都在不停地改变自己。幼树时，嫩枝上的叶片狭长如柳；当长成大树时，老枝条上的叶片却圆润如杨，有的叶子边缘还有很多缺口，又有几分像枫叶；气温高时，为了减少吸水量叶片缩小；气温低时，叶片变大，这造就了胡杨适应外部环境的生存能力。它会在不同的年龄、不同的季节、不同的气候特征下改变自己的模样。

然而，在戈壁滩上生存，仅靠坚韧的性格、生存的本能和谋生的技巧是远远不够的，胡杨还得迎候来自四季的狂风摧残。为了生命的延续，胡杨只能顺着风的方向偏移，以减缓风力的伤害，可戈壁深处的风是随时变换方向的，因此胡杨在求生的同时，却留下了扭曲的树干和突兀的枝杈。即使这样，它们仍然在戈壁大漠上完成了上天赋予它们的神圣使命。

三

这是一个坚强的树种，生而不死一千年，死而不倒一千年，倒而不朽一千年……

我在额济纳的黑城见过一株树龄在五百年以上的老胡杨，树干中心已成空洞，树身挂满枯枝，颜色呈灰褐色，但树顶却郁郁葱葱。看得出这是一株极度缺水的胡杨，为了适应恶劣的生存环境，它不惜放低身段，将自己原本二十多米高的树身断枝折丫，以最少的吸水量来维持生命。我默默地靠近它，我看见这株胡杨树干的节疤和裂口处排泄出一种白色的液体，有的干成淡黄色的块状结晶体，当地人说那是"胡杨碱"，有多种用途。可我看到的分明是胡杨流出的眼泪，那是一种英雄末路时的悲哀。如今的胡杨林已从三十年前的七十多万亩减少到三十万亩，并有加速递减之势。好在生态危机的警钟已经敲响，人类反思的脚步正在加快。

再往前走，我看到的是一大片枯死的胡杨林——怪树林。这是因黑河水断流、居延海干涸，胡杨最低的生存环境不复存在时，一个集体死亡的坟场。让每一个到访者吃惊的是，这些胡杨树在死亡时所表现出来的宁死不屈——数百年来仍然用列队的方式站立着，尽管有的被外力拦腰斩断，一半在地上侧身蜷曲着，而另一半也是独木傲立，倔强地仰视天空。有两株胡杨树紧紧相拥，形如夫妻，在死亡的最后关头拼命为对方撑起"一线生机"，情景凄惨，不忍目睹。它们在枯死的过程中所表现出的悲壮凄美的姿态，以及对生命的强烈渴望和对命运的顽强抗争让人震撼！

回程途中，我的目光依然搜寻着车窗外远远近近的胡杨。我在酒泉卫星发射中心郊外看见了一座烈士陵园，上面有聂荣臻元帅的题词"东风革命烈士纪念碑"，张爱萍上将题词"东风革命烈士陵园"。在苍松翠柏掩映中，有近七百名航天英烈以立正的姿势，组成一座不朽的方阵，向东南方向的航天发射场投以永恒的注视。长眠陵园的烈士中，有元帅将军，也有教授高工，还有士兵及家属……透过这组严整有序的方阵，我仿佛听到昨日回荡在戈壁中那震天的号令："点火！点火！"犹如洪钟一般的东方惊雷震撼着世界。当中国航天人把一枚枚火箭、一颗颗卫星、一艘艘飞船送上天的同时，也将一个国家和民族精神高度标记在太空之上。

　　此时，我真正明白了胡杨为什么会"生而不死一千年，死而不倒一千年，倒而不朽一千年"。是的，人民英雄永垂不朽！

张家界顶有神仙

"张家界顶有神仙。"这是国务院前总理朱镕基在考察张家界黄石寨时写的一首诗中的一句。可见此地风光旖旎!

记得二十世纪九十年代初,黄石寨还没有修建旅游观光索道,要想上去只有徒步攀爬,以致同伴在登上黄石寨及附近的几座山峰后发出"张家界没来之前想死人,来了之后累死人,如果再来就不是人"的感叹。但时隔二十多年,我再次登了上去,那我应该算是什么呢?

在张家界,当你沿着武陵源北部的"峰林之王"——天子山,看那如竹笋般的山峰时,你是否会有种"视看西海云雾中,御笔峰端指长空"的感觉?想必那御笔峰的名字就是由此而来的吧。再看与天子山毗邻的索溪峪,林木葱茏,野花飘香。奇峰异石,千姿百态,像一幅幅巨大的山水画卷,并排悬挂在千仞绝壁之上。山上的岩石形成了许多尊似人、物、鸟、兽的石景造型,一步一景,形成了一个十里画廊。有头戴方巾、身着长衫、背着满满一篓草药、双目炯炯的"采药老人";有神态安详、笑容可掬的"寿星老人";还有三位天使般的仙女正迎面向你走来,但你切莫想入非非,她们都已名花有主。看大姐富态丰腴,背上背着一个孩子,中间的二姐身材清瘦,怀里抱着一个孩子,最小的三妹也是身怀六甲。如果你再发挥一下想象，还有一条揽月的乖巧天狗，一只强壮有力的擎天柱手。这些"雕像"是那样栩栩如生，又是那样活灵活现，大自然这位雕塑大师，以鬼斧神工之笔，在十里画廊塑造出一个艺术的世界、童话的世界和神秘的世界，一个流芳百世的稀世珍品。

再回头去看，从张家界沿溪一直到索溪峪，有一条十余公里长的溪流，两岸峰林对峙，倒映溪间，那就是金鞭溪。这里沟壑纵横，还有十座绝壁交缠错落，那多座残垣石墙，就是传说中的杨家将"天波府"遗址。一位著名诗人这样评价黄石寨："五步称奇，七步叫绝，十步之外，目瞪口呆。"如此之高的评价，是一种难以抵抗的诱惑，于是我们乘缆车翻越了海拔一千零八十米的高山到山顶。只觉天朦胧，山朦胧，树朦胧。那翻腾的云，连绵的峰，时隐时现，既虚无缥缈，又瞬息万变。寨顶堪称武陵源最美的观景台。静待云雾慢慢散去，极目远眺，数不清的石峰石柱嶙峋挺拔，成了浩瀚的峰林。当太阳升起，云蒸霞蔚，使人眼界开阔，胸怀舒畅。相传张良的师父黄石公曾到这里炼丹，我想那得到仙丹之人，自然就成了神仙！

其实，这些看上去光怪陆离的山峰是石英砂岩峰林地貌，这些景观的形成是上亿年的地质活动作用的切割、流水侵蚀和重力崩坍及生物的生化作用和物理风化作用的结果。由于峰高，人烟稀少，自然气象万千，加之云雾是武陵源最多见的气象奇观，有云雾、云海、云涛、云瀑和云彩五种形态。我们去时刚好下过夜雨，就出现了这种难得的奇观。

土家风情

前些年我在写"巴文化"时，写过重庆的吊脚楼，也写过重庆周边土家族的风俗文化、服饰文化和建筑文化，知道湘西有个被称为天下吊脚第一楼的"九重天世袭堂"。

如今，实地感受这座土家族先民的聚居地，看着与众不同的吊脚楼群时，我只觉眼界大开。信步爬上这座高四十八米、共九重十二层的楼时，眼前所见诠释了什么是世界上最辉煌的建筑，什么是人类建筑史上的奇迹。它被永久地载入了吉尼斯世界纪录。

这里保留着一座土司城，有完整的土司文化，我们可以从中感受到在土司王权时期的土家族原汁原味的生活风貌、地域风情。你见过哭哭啼啼办喜事、欢欢喜喜送亡人的场面吗？你见过锣鼓喧天同手同脚的摆手舞吗？你见过粗野狂放到穿着树衣、兽皮将生殖器裸露在外面的茅古斯舞吗？还有很多并非我等过客一时就能读懂的民族史诗。尽管如此，我仍然想把在湘西待过的日子里，收集到的土家风情展现出来，因为在我的眼里，民族的，才是世界的。

进入土司城，迎接我们的是土家族千百年来的文化展示：一队身穿土家盛装的汉子锣鼓喧天、牛角鸣放相迎，而土家姑娘的一首拦门歌、一碗拦门酒，能让你领略土家人的豪爽和热情。土家酒虽然没有白酒那么浓烈，但也足以让你大脑亢奋，让你有种身在异乡不为异客的感觉。听完歌，喝完酒，进入城堡，盛大的土家大祭祖活动就开始了，你会情不自禁地随着那起舞的男女老少唱起摆手歌、跳起摆手舞，你从中能感受到他们用生命的激情书写着执着的人生。

继续围着城堡往前走，有土家最传统的手工美食：如柴火熏烤的山胡椒猪肉、酱香饼、姜糖、蜂蜜泡团糍、糍粑等。当你一边吃着这些酸酸甜甜、香香脆脆的美食，一边欣赏土家族的哭婚仪式，看见新娘在上花轿时那分明是满心喜悦却又哭哭啼啼故作生离死别之状时，你会开心地笑，因为她们哭着骂媒婆时，其实是在哭述父母的养育之恩，哭述对娘家的不舍和对新生活的美好憧憬。我看出来了，新娘子是哭在脸上，喜在心头。在土家族这种声势浩大的哭嫁氛围中，你会被感染，会情不自禁抹一把祝福的泪，会被这一传统习俗折服。当味蕾和视觉得到极大的满足时，谁还记得尘世间的俗事？

如果你意犹未尽，晚上就去参加篝火晚会吧。在湘西喜庆的场面可以用篝火庆祝，丧事这样的悲情场面仍然可以用喜庆的形式来筹办，这叫欢欢喜喜送亡人。土家人是巴人的后裔，"巴文化"也被称为"巫文化"。谈到"巫"，一般人就会想到跳丧，丧事大多悲悲切切，颇为肃穆，但土家人的丧事却办得十分热闹。"热热闹闹送亡人，欢欢喜喜办丧事"是土家人豁达的生死观。在土家山寨"听见丧鼓响，脚板就发痒，人死众人哀，不请自己来"。土家人跳丧，一为死者歌功颂德，二为安慰死者家属，他们把"跳丧"当作情谊的象征，好多歌词都来自《诗经》中。

还有摆手舞，跳起来锣鼓喧天。摆手舞是土家族最有影响的大型歌舞，带有浓重的祭祀色彩。歌随舞而生，舞随歌得名。主要特点是手脚呈同边动作，踢踏摆手，翩跹进退，成双成对，节奏鲜明生动。摆手歌长达数行，以恢宏壮观的气势，用梯玛神歌、舞蹈讲述人类的起源、征战、打猎、挖土、民族迁徙等动人心魄的场面。

特别搞笑的是，我拿着相机使劲往里面挤，想拍摄几张生动的舞蹈场面，不小心踩到了土家姑娘的脚后跟，还好我们是同性别。如果是男士，麻烦就大了，会被对方理解为在向她示爱呢。男士在这里得注意脚下安全，如果实在想踩，先把鞋子看清楚：没有绣花的是已婚，绣了花的是未婚。如果看上了哪位小阿妹，可以去踩踩她的绣花鞋，想知道她对你的反应，就去她家的房头或窗台上放两枚鸡蛋。不过你得做好思想准备，没准她会将你送去的鸡蛋丢掉，这就叫滚蛋，这也是土家妹子最淘气的地方。要是她喜欢你，没准就会将你送去的鸡蛋收下，接下来会和你演绎一段缠绵的爱情故事。

行走在土家，那里的门槛是不能随便踩踏的。门槛代表坎坷，土家人认为踩了门槛会流年不利。正确的方式是跨过去，寓意是跨过人生的沟沟坎坎，顺利度过人生。土家族光是穿鞋行走的习俗就有八百多年的历史，送君三个字："够得学！"

在土家你能感受到土家人的情感是外露的，也是质朴的。土家有一个六月六"晒龙袍"的节日，像我们过端午节纪念屈原。传说这天是湖南茅岗土司王覃垢蒙难之日。相传，覃垢为了反抗封建王朝的民族压迫，在这天惨遭杀害。在刑场上，覃垢怒目圆睁，最后被刽子手凌迟处死，死相很惨。人们把他死时穿的战袍抢回来，洗干净晒干再穿回他已经没有皮的身上，同时也把家里最好的衣服拿出来挂上，表示让他们心目中的大英雄穿得风风光光地入殓，这天是六月六，后来就成了土家晒衣服的习俗，一直延续至今，称为"晒龙袍"。

云台山看“海”

走，到云台山看海！

有没有搞错，云台山海拔在一千米以上，哪来的海？没错，云台山在远古时代就是一片汪洋大海，我们不仅可以去观海，而且还可以在海滩上散步，可以顺着断层带水流纹理的方向走向海底，领略十二亿年前的海滨世界。

红石峡景区就是入海口。十多亿年前的造山运动，使大海变成了高山，并形成了断层带，看上去就像是一只巨型的蛤蜊被活生生地掰开，露出一道缝隙，我们就在这隙缝中前行。小路曲径通幽，只有一步一步地走到几百米深的谷底，前行的过程非常不容易，在深谷中有的路段像山洞，幽暗深邃；有的路段像栈道，万壑之中凭空伸出一方望台；有的路段甚至像龙潭虎穴，在胆战心惊中不得不走；有的路段双手不得不扶住栏杆，悬空的心才能得到一丝丝的宽慰，但我看到了深藏的奇景，不一样的瓮谷世界。在这里，不同的地质展现着最原始的瑰丽：有匪夷所思的绝壁，让你进退两难；有横七竖八的岩石，锁住头上的一线蓝天。

走出山洞视野立即变得开阔起来，眼前所见如同一幅写意的山水画，回看走过的“隧道”人头攒动。前行中你能听到山间潺潺溪流敲击着原本杂乱无章的卵石，发出音乐般的叮咚声，能听见瀑布从悬崖绝壁上飞流直下时发出的怒吼声。

继续沿着瓮形的山谷前行，会经过一座姐妹桥。这座桥是一块天然的巨大石头，它恰到好处地搭建在峡谷中，桥身有两个洞，上游的水从洞中穿过，飞奔而下，这种自然形成的桥颇有几分江南的风韵，又有些像缩小版的赵州桥，实在秀美得令人惊叹。身旁是带着波纹的岩石，脚下则是碧绿的深潭，有很多极具观赏性的石头：如两条跃出水面的红色奇石，宛如一对相拥接吻的情人，人们称它"相吻石"；还有一条巨型岩石，一半翘在岸上，一半浸泡在水中，形态洒脱飘逸，人们就送了它一个雅号——"逍遥石"；还有一处悬石，它夹在两座峭壁间，看上去摇摇欲坠，如果你站于其下，难免心惊肉跳，但你总想去试试，故称为"试心石"；还有一处红石叫"好运石"，路过的人都要去摸一摸，摸的人多了，变得光滑明亮，我也去摸了一下，但愿能把好运带回家。

最吸引我的还是潭瀑峡最深处，龙凤壁下的蝴蝶石。传说从前这里飞来了一只婀娜轻盈的白蝴蝶，因为贪恋景色而卧在水中不愿离去，它的恋人黑蝴蝶闻讯前来找它，在飞跃龙凤壁时，被高高的崖壁折断双翅掉入水中，从此这黑白蝴蝶只能隔山相望，久而久之，就变成了两块蝴蝶石。这个爱情故事听起来虽然有些凄凉，但我想在山的那一边，还有只黑蝴蝶或许在用幽怨而深情的目光等待着、守候着它吧，那么眼前这只白蝴蝶也算是幸福的。唐朝钱起在《天门谷题孙逸人石壁》中对此地是这样描述的：

崖石乱流处，竹深斜照归。

主人卧磻石，心耳涤清晖。

春雷近作解，空谷半芳菲。

云栋彩虹宿，药圃蝴蝶飞。

其实这些石头的形成都是地质运动后地表、地下水沿裂隙对岩石进行溶蚀，再加上其他外力的影响，才造成如今的形态。

顺着断层带走，不远处就是海底，在这里可以触摸十二亿年前海的心脏，如今我们不用潜水，不用惧怕成为鲨鱼的盘中餐，自由行走在深海，一种浪漫的情怀油然而生。在感叹沧海桑田的同时，也感慨这伟大的造山运动成就了雄浑、绚丽的红石峡。

走出海底世界，我试图在大脑里还原那片汪洋大海，但我却在红石峡的南侧看到了另一处像海一样的汪洋大湖——"平湖"，那是一汪高峡出平湖的景色，又因西汉名将张良在此隐居躬耕而命名为子房湖。湖面积约一千五百多亩，在干旱严重的北方能有这样的大湖也实属罕见。据说湖中有濒危野生动物桃花水母，它是地球上原始、低等的无脊椎动物之一，最早诞生于五亿年前，古称"桃花鱼"，也被称为"水中的大熊猫"，这些国宝在子房湖里休养生息，也引来了八方宾客。午后的湖面阴一半晴一半，一边金光闪烁，一边碧绿透明。在平静如镜的湖面上不时有快艇掠过，留下如抛物线般的长长波纹，很是壮观……

云台山所有的景致都与海有关，都是十多亿年前那场伟大的海底革命造就的杰作。

尽管云台山我只是匆匆一游，但它却在我的心里醉了千万遍。

千里黄河一壶收

——观壶口瀑布有感

"风在吼，马在叫，黄河在咆哮，黄河在咆哮……"情怀激越的《黄河大合唱》只有站在壶口岸边，望着卷起的重重巨浪，才会真切地体会到中华民族到了生死存亡的紧要关头所发出的怒吼。

我伫立在壶口岸边的一块巨石上，任巨浪扑向岸边，弥漫的水雾包围着我。我的脚下，古人王安石来过，写出了"派出昆仑五色流，一支黄浊贯中州。吹沙走浪几千里，转侧屋间无处求"的著名诗句。"诗仙"李白观此景惊呼："君不见黄河之水天上来，奔流到海不复回。"抗战时期，我的脚下革命诗人光未然来过，写出了不朽的诗篇《黄河颂》。随后，音乐家冼星海在黄河的壮丽情景激励下，谱写出鼓舞人民斗志的《黄河大合唱》，激励着无数的中华儿女奔向抗日前线，用自己年轻的生命为民族赴汤蹈火。

我的脚下黄漂探险队员王来安也来过，他乘坐由四十个汽车轮胎缠结成的密封舱顺瀑而下，揭开了人类在壶口体育探险的序幕，人称"黄河第一漂"。其后，天津勇士张志强在我的脚下跳悬索，完成了"中华第一跳"；河南冯九山横跨壶口走钢缆，创下高空走钢缆最长的吉尼斯世界纪录，成为"华夏第一走"；"亚洲第一飞人"柯受良在这里创下世界跨度最大的飞车世界纪录，被称为"世界第一飞"……这许许多多的世界之最，这些奇迹的创造和壶口瀑布的惊世气魄相得益彰，成为华夏儿女千百年来的精神寄托，也成为中华民族的象征。

站在陕西一侧观壶口瀑布，它就像一把巨壶，装满了浑浊的水。放眼望去，满目所见皆是黄：黄土地、黄土坡、黄窑洞、黄河水、黄皮肤，连塬、峁、梁、沟、壑也是一抹黄褐色，只有半山腰上的褶皱处零星地点缀着少许的绿。中华民族流淌了几千年的母亲河啊，您竟是这般贫瘠！

相传远古时期，黄河是中原大地上的一条生性暴虐、荼毒生灵的恶龙，大禹为了制伏它，用计将它引入晋陕峡谷之处的龙门断崖绝壁，企图瓮中捉鳖，不料被峡谷进口的一块巨石挡住了道。为了防止恶龙逃跑，大禹当机立断，用神斧砍开巨石，只见天崩地裂后，巨石一分为二，出现了一条大裂缝，这条恶龙瞬间跌入壶中，发出如惊雷的咆哮声，这就是我们今天看到的千里黄河被巨壶装下时的气吞山河的景象。

一位摄影朋友告诉我，在黄河壶口瀑布上空，航拍的时候，惊奇地发现黄色皮肤的巨人安详地躺在峡谷之中，就像分娩中的母亲。从鸟瞰图看，你不得不惊奇于那形象逼真的自然景象。从这里走出的男人就是粗犷的北方汉子，如陕北恢宏而又悲壮的信天游，又如百转千回的大秦腔，原始中充满了野性；从这里走出来的女人或许少了一分灵动与婀娜，但"生下一个蓝花花，实实地爱死人"，直到"咱们俩死活哟,长在一搭"。这既是陕北女人朴实自然的爱情表达方式，也是直白的爱情宣言。

同肥沃的南方相比，黄土高坡显得很贫瘠。然而也正因如此，绝景才出奇峰。在右侧的黄河谷底河床中，有两块棱形巨石，屹立在巨流之中，这就是古代被称为"九河之蹬"的孟门山。传说大禹治水时，把此山一劈为二，其实它是一种被称为河心岛地貌的地质遗迹。岛上有一巨型神龟雕像，龟背上立有大禹雕像。其南面石崖上有清雍正初年，金明郡守徐洄瀛题刻的"卧镇狂流"四个大字，匾幅长约两米，宽一米，是对此处山水奇景的真实写照：孟门迎着汹涌奔腾的泥流，昂首挺立，任水滔天，终年不没。其雄姿与龙门、壶口组成黄河三绝，再加上黄河瀑布神似空中悬壶，将四季景色分别呈现：春秋季节，水光潋滟，在阳光的直射下会出现彩虹随波涛飞舞的奇丽景色，有诗云，"秋风卷起千层浪，晚日迎来万丈红"，可谓真实写照；到了冬季，平日里两岸飞流直下，水雾迷蒙的壶口瀑布搭起了美丽的冰桥，到处是冰挂、冰柱，形成"水帘洞"奇观。在感叹大自然鬼斧神工的同时，你可以走过宽阔的河滩，与壶口瀑布来一次近距离的接触。这些旖旎的自然风光、丰富的旅游资源，为当地创收颇丰。

黄河是中华民族的象征，自古以来，人们把这条流经中华心脏的巨流视为圣河。黄河文明从一开始就是自强不息、积极进取的文明，这正是中华文明的根脉所在，就像黄河一样，从源头走来，又浩浩荡荡走向世界。

敬畏红土地

这是一片神奇的丹霞地貌。满山遍野的红色波浪一望无际。在这个红色的世界里，我快速地拿出手机将旭日东升的景致拍了下来。

旅行的下一站是额济纳旗，途径陕西榆林时已是下午五点左右，于是我们在靖边小城找了一家窑洞旅馆住了下来。收拾停当，准备上街备些第二天路上的食品，出旅店时墙上的一幅"靖边龙洲丹霞"的照片让大伙停住了脚步。百度后我们意识到不远处有一个红色的砂砾石世界，其丹霞地貌和南方的岩石有很大的不同，过去我只是在摄影画报上见过。于是我们调整了旅行计划，决定在这里待上两天。我们连夜做功课，将位于距靖边县龙洲乡的闫家寨子查了个一清二楚，它离我们的住地只有三十多公里，为了防止堵车，我们一大早就出发了，到了闫家寨子，正好看日出。

此地苍山环绕，红石辉映，红色山丘有的像兽首，有的像水流，有的像云朵，有的像陀螺，有的如针似棒，有的呈刀劈斧砍的悬崖峭壁状，有的似怪石嶙峋的危峰兀立，更多的则是像波浪纹，远看如万顷波涛。它展示了经数百万年的自然雕琢砂岩而成的奇妙世界。

或许它们就是地球的年轮，在向世人展示这片古老大地的厚重和沧桑。就像一位风尘仆仆的老人，从亿万年以前的历史长河中蹒跚地走来，经历了太多风霜雨雪，任凭肆虐的风沙雕刻他的脸庞，用满脸的皱纹，诉说着沧海桑田的变迁。

这些看上去波澜壮阔的砒砂岩其实很松软，如果你一不小心踩上去，脚下立即就会碎成一堆红色的细沙。值得一提的是，这些砒砂石具有无再生性，一旦被破坏，将会造成景观上无法弥补的损失。也许是因为闫家寨子地处偏僻，受地理位置和交通条件所限，这里一直被人们遗忘，除了一些摄影爱好者来此地摄影采风外，很少被人知晓。当地人从未向世人揭开过它的神秘面纱，这一难得的珍贵地质才得以保存，但随着旅游热的兴起，今后会有川流不息的游人涌向这里，它的命运还真是难料。好在当地政府及时用铁丝网圈了起来，为了让大家观看这一难得的地质景观，还架起了观光的木梯，但仍有摄影爱好者抱怨少了些原始风味。其实，有得必有失，和珍贵的地质景观相比，感观上的遗憾又算得了什么呢？

我们顺着木梯在一个又一个的沙丘上穿行，正当我们陶醉在眼前的美景时，一幕不和谐的画面撞入了我的视线，有少数游客翻下护栏，或站或坐或躺，脚下的砂岩碎了一地，更有甚者拿着刀在岩层上刻下一个大大的心形，还在中间写上"母爱""×××到此一游"等。这些红色泥岩和碎屑岩一旦被损坏，将永无再生的可能，看来，提高旅游素质刻不容缓！

继续前行，我们从前山爬到后山，上山攀爬非常艰难，没想到下山更难。有的地方没有木梯，我们只好顺着一条便道蹲下身子往下挪。到山底后抬头一看，四面都是山丘，面前是一块洼地，我们要翻过洼地，穿过对面那座山才能走出去。雨季未到，洼地上面长满了草，看上去是干的，为了安全起见，不敢贸然往里面走，于是绕道沿着洼地边上的脚印走。走着走着，见山的缝隙处有人从里面钻出来，这是怎么回事？我想看个究竟，于是迎了上去。乍看，两座山脉好似长在一起了，细看，两座山的中间有一条缝，这些人就是沿着这条缝隙钻进去的，据出来的人说里面像龙宫。最搞笑的是，有个稍胖的小伙子也不知是怎么进去的，出来时卡在缝隙里，外面的人费了好大的劲才将他拽了出来。

其实，我心里明白，真正难行的还是即将前往的那道黄沙漫卷的古道边关。

情迷九凤山

　　一提到人间仙境，人们总是会想到九寨沟。的确，九寨沟很美，一穹湛蓝如洗的天空，一缕袅袅炊烟般漫卷的云霞，一派奇峰峭拔的山脉，一碧五彩斑斓的湖水，仿佛从仙宫瑶池中迤逦而来……

　　其实，这样的美景就在我的家门口——重庆九龙坡区的九凤山上——九凤瑶池，她宛如缩小版的九寨风光，静静地待在付家坡茂密的森林湿地里。

　　时下三月，春意盎然，正是踏青的好时节。我们采风团一行二十余人，从含谷镇寨山坪的那一片汪洋花海中抽身上岸，驱车前往九凤山。汽车沿着蜿蜒起伏的山路前行，一眼望去，只见路的两旁开满了各种各样的花，它们红如火，粉如霞，白似玉。

　　驶进九凤山，只见千百亩梨花竞相开放，真是繁花似锦。站在梨花山顶，向西面的大垭口望去，梨花白茫茫的一片，恍若群凤展翅，翩然而至。我忽然想道岑参那"忽如一夜春风来，千树万树梨花开"的千古名句不就是写的这里吗？这或许也是九凤山之美名的来源吧。我喜欢梨花的白，也喜欢晶莹剔透的蕊，此情此景，我想矜持一下，却按捺不住内心的激动，我想问，人如潮涌的九寨沟，有这样泥花带雨的景致吗？

移步换景，九凤瑶池犹如抱着琵琶半遮面的美人，被我们一行人千呼万唤始出来。顺着红叶似花的小径往上走，我细数了一下，竟有十二个大小不等的潭泽，有着天池迷梦、阆苑仙境的神韵，这九凤瑶池大概就是取其之意境吧。它们如大珠小珠般散落在九凤山付家坡的森林之中，和煦的阳光透过茂密的杉松林洒在湖面上，湖面顿时波光粼粼。彩池的颜色随季节变换，呈现出清莹、嫩绿、翠绿、湛蓝等颜色，仿佛天宫瑶池，也有人说它是九寨沟五彩池的孪生姊妹。那神态各异的瑶池，有的如美人枕睡，优雅沉静；有的如玉兔戏月，活泼可爱；有的则如浣纱少女，妩媚地拨动出小桥流水般的音符；有的深藏不露、秀美无比；有的则小巧玲珑如邻家鱼塘，但均仙气袅袅，别有一番韵味。

走在"仙气"萦绕的盘山林荫小道上，我脑子迷迷糊糊的，分不清自己身在何处，是天上，还在人间？是走进了仙山琼阁，还是凡间一角？身处此境，一切烦恼都会化成一池湖水。

有些累，我索性坐在湖边，湛蓝的湖水清澈见底，伸手搅动，柔柔的湖水晃荡着，湖底的水生植物也随着波纹晃荡。此时森林中一片寂静，只有那山间的溪水轻声吟唱着。我就这样静静地坐着，愿时间定格，愿生命永恒。但时间匆匆，文友催促，只好恋恋不舍地起身，我一边不舍地回望湖天一色的美景，一边沉迷于烟霞之中……

飞流瀑布

　　四面山以水为载体，不论是山间溪水，还是在万丈悬崖、绝壁之巅腾空飞出的白练瀑布，都以或温柔或狂野的形式向世人展示"淡烟流水画屏幽"的浪漫气息和再现"黄河之水天上来"的磅礴气势。水将四面山的灵动展现得淋漓尽致，如果说水是四面山的一大特色，那么，"拔地万里青嶂立，悬空千丈素流分"的飞流瀑布就是它的灵魂。走进灵魂深处，你就会被丹霞赤壁、断崖绝壁所震撼。瀑布在地质学上叫"跌水"，是江河走投无路时创造的奇迹，所处地势越陡、水量越大，瀑布就越壮观。瀑布之美，瞬间即永恒。

　　在四面山多达一百多处的瀑布中，最经典的当数"望乡台瀑布"。而最具传奇色彩的还是源于民间的一个关于望乡台的凄美的爱情传说。"望乡台"原名"虎头岩"，如果你注意看就会发现，瀑布左上端有一块凸起的岩石，传说那是一个李姓少女的化身，她的小名叫花花，家住虎头岩下的清河湾。她和同村的小伙张俊相恋并订终身，他们以打柴为生。当地一个财主的公子见姑娘长得漂亮，想霸占她，趁张俊进山打柴时将姑娘抢来成亲。姑娘拼死反抗，被毒打后关起来。晚上，姑娘借雷雨逃进深山，过着野人一般的生活。姑娘每天站在崖顶眺望村庄，想念心上人俊哥哥，日久天长，便化成了那块岩石，她流下的泪水，便化成了瀑布。张俊每天呼唤花花，也因天长日久变成了"哗哗"的流水声。这就是望乡台瀑布声为什么那么大，大到两个人对话都很难听清对方声音的原因。"望乡台"因此而得名。这是我二十多年前第一次来四面山时，当地一个在山上拾荒柴的小姑娘讲给我听的。那时虽然没有导游，但我从她纯朴的装束、清泉般的眼神中，坚信这个故事是真的。如今，当我把这个美丽的传说转述给随行朋友时，他们都说我是在编故事，不过传说归传说，只要大家心情愉悦，编个故事又有何妨。

如今，当你站在望乡台瀑布对面的山上一个叫作"天眼"的地方，一个完整的"心"形从绿色的大山中被丹霞赤壁勾勒出来，那飞流直下的瀑布就像爱神丘比特射出的利箭，将"心"一箭穿过。你能感觉到心的呼唤："你在我眼里，我在你心里。"这颗世所罕见的"心"，被称为"天下第一心"，与它遥相呼应的"天眼"被称为"天下第一眼"。我想这颗"心"就是他们的相爱之心，那只眼一定是从心中飞出来的，赤壁丹霞就是他们心的颜色。

站在瀑底抬头仰望，"群崖乱立山无序，一水长镌石有声"。远处的高瀑好似一艘艘船只正在扬帆远航。整个画面既有"飞流直下三千尺"的恢宏大气，又有玉珠落盘的清脆声响，还有阳光斜照时的紫烟凌虚。青山、断崖、霞壁、飞瀑所构成的绝世美景，让人终生难忘。

除望乡台瀑布以外，四面山的名瀑还有很多，如比翼齐飞、引人遐思的鸳鸯瀑布，浪花飞溅好似层层瀑滩的鱼塘湾瀑布，以及四山锁绝谷，一水落幽林的土地岩瀑布等。细想起来，最神秘、最令人神往的还数水口寺瀑布。不记得是哪位诗人写过这样一首诗："一逢碎玉出高台，疑是星河晶隙开。洛女天风揉碎玉，梨花点点漫飘来。"说的就是水口寺瀑布。它是四面山西部景致较佳的复合型景区之一，高九十四米，悬挂在一个成U字形的天然洞穴之下，隐藏在苍山绿树之间。

记得第一次去，站在山顶就听见谷底瀑布的轰鸣声，崖壁幽深处犹如硕大无朋的天然洞穴。我们急切地从拐弯的石阶盘旋而下，石阶两旁野花绿草相得益彰。但一路上始终只闻水声，不见水源，最后经"九道拐"下八百一十八步石梯，才发现瀑布在左面。瀑布如天际落下，如矗立玉柱，蓝天地面因其连接，犹如一个透彻与朦胧、运动与静止交相辉映的时空纱幕。瀑口好似一个大洞穴，从洞顶天缝中落下，白水迷蒙，似雾、似纱、似霞。站在瀑底，只感觉飞珠溅玉。如果说望乡台瀑布像一群奔腾的野马，那么水口寺瀑布就像是一只温柔敦厚的长颈鹿。四周崖如削，藤蔓蔽日，只剩一道蓝天，周围的山崖都是奇峰怪岩，好似一幅动静结合的山水风景图，让人叹为观止。那溪水顺着溪涧流向深潭。溪谷上有一块石头叫作"宠辱皆忘石"，意思就是只要你踏入此境，世间的一切宠辱皆忘记得干干净净。

而今故地重游，只感觉从石梯下行时有些令人抓狂，想当年一溜风就穿了下去，唉，年岁不饶人！由于四面山景点与景点之间比较分散，有的景区常常相隔十多里，赶到水口寺已经是下午了，瀑布明显比当年小多了，一问才知如今每天上午人工放水，供游人们拍照留影，下午就只能观瀑布的原貌。正在遗憾时，忽然下起了倾盆大雨，无处躲藏，为难之际，一位卖凉虾的小贩指了指瀑布右边的一个洞穴，从洞穴可以绕道瀑布背后，上行可回到深谷顶部。我打量着这条如同水帘洞一样的栈道，是在壁上人工开凿的一条路，同原来的洞穴连通，它既可以遮雨，还可以看到水口寺另一道旖旎的风光，站在悬崖之巅，向下望去，崖下四空，令人望而生畏。我想伸出手臂近距离地接触如帘的瀑水，忽然一道彩虹在我的面前画了一个圈，瞬间横贯天际。

四面山的每一道瀑布虽然形态各异，但却有着相同的信念，那就是毫无畏惧地从火一般的丹霞赤壁上纵身跳下，在水与石的碰撞中，完成从温柔到灵动的转换，即使粉身碎骨也要化成七色的彩虹，让世人感受原始森林的风雨清润，这就是飞流瀑布的独特魅力。

丹霞赤壁

  中国是世界上丹霞分布最广的国家。在长江以南素有"赤色盆地"之称的四川盆地，连绵二十万平方公里，在盆周的山前地带分布有广泛的丹霞地貌，可谓我国丹霞地貌分布较集中的地区之一，并形成了许多著名景区，四面山便是其中的经典。

  四面山位于江津区南部，地处渝、川、黔接合部的丹霞地貌景观带上，其西与四川佛宝丹霞地貌景观地相接，南与赤水丹霞世界自然遗产地毗连，是丹霞地貌中环状陡崖地貌的典型代表。

  丹霞赤壁是一种神奇的地质景观，它从远古的晚白垩纪的石英红砂岩夹薄层泥岩中走来，这一走就走了六千五百多万年，历经风化剥离和流水侵蚀，中间因地貌变化几度停顿，最后形成了孤立的山峰和陡峭的奇岩怪石，这就是我们今天看到的丹霞赤壁。

  四面山的大型瀑布都悬挂在红色的丹霞崖壁上，映衬在红色的丹霞赤壁之间，才造就了"高瀑蕴丹霞"的独特美景，才有了"水色映丹霞"的天然奇观，土地神岩就是这一神奇的地质景观的如实再现。站在土地岩观景台上，透过一条沟壑，稍加仰视就可以看见在刀削般的悬崖绝壁上裸露着一块巨型岩石，经数千年的风吹日晒、水流冲刷，就形成了一幅硕大的"丹霞壁画"，它长376米，高127米，面积近5万平方米，是一块发育完整的丹霞地貌，有"亚洲神岩"之美誉。"壁画"上无论是诙谐的阿凡提、纯情的美女，还是调皮的摘果山猴、恢宏的万卷书，抑或是敦煌飞天、奔马卷尘、大海惊涛、南国丛林，皆栩栩如生。它可以让你从不同的角度看到不同的景色。

如果说这是一幅虚拟的纯浪漫印象派艺术，那么距今5000多年的先巴人文化遗迹——灰千岩摩崖壁画，长102米，高30米，就是四面山先人留下的一道厚重的历史文化镌痕。它造型独特，其上的飞禽走兽给人一种震撼的古老力量。凝聚着原始巴人劳动、生活、文化和智慧，它填补了川渝摩崖壁画的空白。让人不解的是崖画中的神秘符号的含义，古人爬到悬空的岩石上去雕刻的目的又是什么呢？为了警示后人，征服自然？为了生活的希冀？或是一种古老的仪式？让读者们自己去琢磨吧！而观内两座山门上的两副奇特楹联却让历朝历代的文人墨客都没能将它正确地读通并注解出来，上联为"善茅长长长长长长长长"，下联为"习三乘乘乘乘乘乘乘乘乘"。另一副上联为"霞友朝朝朝朝朝朝朝朝"，下联为"云朋观观观观观观观观"。你读通并注解出来了吗？当然，如果你我等人都能解读，那么这两副奇联就不叫天下"奇联"了，故其被称为中国楹联界的"哥德巴赫猜想"，也许在不久的将来会有人破释的。难怪，中国楹联学会前会长魏传统先生阅识后感慨万千地写下绝句：

满目丛林四面山，瀑飞千尺映云天。

长乘胜迹联何解？留得通家过此关。

瀑布群中领奥秘，湖光山色与天齐。

谁知仙境在斯处，历有文章未解题。

中国著名楚辞专家黄中模教授则为此留下"自非通家，关山可堪过得"的诗句。

在四面山的丹霞地貌中还蕴藏着许多奥秘和神奇。前些日子我在头道河的二台山看见一坨直径约一米的大红石头，它颤悠悠地立在半山腰上。每当人们经过此地，都会胆战心惊，总感觉它随时都会滚下来，但奇怪的是上百年过去了，它依然岿然不动，始终保持着，好似注视着南来北往的行人。如今它成了峡谷中的一景。远观那石头的顶端有几株小树，有人觉得它像盆栽植物，我倒觉得像一棵刚出土的大红萝卜，风一吹仿佛会左右摆动。它的成因我不得而知，但客观地讲应该是经过地壳运动后，将地表层抬高，而覆盖在层岩上的沉积经不断地被风化剥蚀后退去，就留下了坚硬的岩石，再加上风雨日照的打磨，天长地久就形成了山中的奇石。

有歌云："五岳归来不看山，再看还到四面山。九寨归来不看水，再看还到四面山。"其实，了解四面山的人都知道，真正让人感受到大山的伟岸和无穷魅力的是连绵起伏的山脉和大山深处的自然景观——异峰奇石。四面山只要你攀爬一次，就会被这些崎岖、雄伟、好似直插云端的山峰和拟人化的奇石所震撼。

四面山风景如画，美不胜收，那悬崖上的丹霞赤壁宛如美人腰上的飘带，将群山翠岭映衬得婀娜多姿、妩媚动人……

四面山以绝美的山水风光和绝佳的生态环境备受世人瞩目，素以"奇山、异水、红石、厚文"而闻名。"色如渥丹，灿若明霞"的丹霞奇景才是让人驻足、引人遐思并使人流连忘返的真正原因。

洪湖碧水

在四面山我不能不惊诧森林中的这湖水被满目的苍翠环抱着，显得静谧而深邃。

一叶柳舟将我们载入大洪海湖，此湖被群山包围着，不时有成对的鸳鸯在水面嬉戏，银亮的水蛇盘踞在或直或斜的树木上。湖水平静如镜，岸边树木葱茏。这些高大挺拔的树木的倒影在湖底形成了别具一格的奇观，被称为"四面山的水下森林"。

我不得不承认，看着这样的湖面能让人平心静气。在它面前，你可以毫无保留地放松，将红尘简单成一个童话世界，纵然心有杂念，也会澄净起来。

小舟继续前行，在苍茫林海之中，只见四周青山隐隐，岸上群鹤栖立、修竹万竿。船行深处，忽现一半岛，于是弃船上岸。岛上桃李虽未盛开，但几栋茅屋却炊烟袅袅，颇有峰回路转、柳暗花明之感。我们一行人好似误入世外净地，船夫告诉我，这便是桃花岛。相传在岛上上演过桃花八卦阵，如今虽无从考证，但一不小心就会迷路是肯定的，这桃花岛的神秘可见一斑。沿着小路进去，这里有一座古墓，让人顿感阴森。穿过一片翠竹，眼前出现一座由一根根纯木搭建的桥，略显粗糙的桥栏彰显着历史的久远。相传这是一座红军桥，我无法猜透八十多年前的硝烟是否打破过这里的宁静。

大洪海尾部有一个母子湖，当地人叫它小洪海。它比大洪海略窄，水质更为清洌，好似一块晶莹的宝镜镶嵌在翡翠般的山谷之中。蜿蜒逶迤近万米的洪海湖顿时灵动起来：画眉、鹧鸪、啄木鸟、绿头鸦等飞禽拍翅凌空，船夫撑篙点波将这块宝镜分解得支离破碎，但它又像是一块天然磁盘，很快又黏合在一起。这一动一静，跌宕生姿，使洪海湖更加含蓄而深沉。

俗话说："有山无水干燥，有水无山单调，有山有水人俏，大山大水绝妙。"四面山以水为载体，湖水映天的景点很多，如碧绿翡翠的卧龙湖，清澈宁静的龙潭湖，满湖流丹的林都湖，晶莹剔透的珍珠湖，山水相映的坪山湖，宫阙摇晃的黄莲坝湖。除此之外，在一千五百米的高山上还有一条飞龙河，它催生了众多的瀑布，使得四面山东部的景色变得如此奇秀异常。

每年最炎热的日子，我总是在森林里与飞瀑为邻，与湖水为伴，将心中的纷繁浮躁梳理得淡泊而宁静。

"一碗水"的故事

四面山有一个景点叫土地岩。在土地岩的悬崖峭壁上有一股细小的清泉，顺着崖壁流入一个天然的石碗里，崖壁上有一条人工开凿的石板小路，过往行人累了就在这里歇息，渴了就在这个石碗里取水饮用。这股清泉被当地人称为"圣水"。

在四面山民间至今还流传一个关于"一碗水"的故事：孙悟空昔日护送师父西天取经成功后，回来路过四面山，十分喜爱这灵秀的山川碧水，于是就在土地岩歇息。他发现这里人烟稀少，一问才知此地人瘦弱多病，大多都不能生育，即使有也是三代单传，于是悟空就跑到龙潭湖背后的花果山上，摘了一筐仙桃给观音菩萨送去，并代民向观音菩萨求情。大慈大悲的观音菩萨就在土地岩的赤壁上放了一只碗，并在碗里面洒了几滴水，从此这个天然红石碗里的水冬暖夏凉，山民喝了它身体强壮，人丁兴旺，双胞胎频出。这样一传十，十传百，土地岩就成了"土地神岩"，花果山也因此殊荣满世。这碗中的清泉自然就被称为"圣水"。这个故事虽然有些天方夜谭，但离土地岩不远的四屏镇青堰村双胞胎频出却是不争的事实。

悠然间我想起了二十多年前游土地岩喝"圣水"的一段有趣的往事：

那时，我还在省党校进修，暑假我们二十多个同学去四面山游玩，就住在青堰村。听说这圣水的故事后，我们决定实地去看看，好不容易找到了"一碗水"，我不由分说挽起袖子捧起"圣水"就开始喝。忽然，书记拍着我的肩膀半认真、半开玩笑地说："这水不能喝，喝了会破坏计划生育的。"我差点将水灌到鼻子里面去了，那时我婚都没结，哪有计划生育一说？我灵机一动对书记说："我不喝，就用它洗洗脸。"于是我装着洗脸的样子，偷偷地将水送进了口中，同学们也学我洗脸的样子喝起了水。至今我还记得那水有一丝丝的甘甜、润滑、透心的凉。想起当年的喝水情景，我觉得那位书记好好笑，也为自己当时的急中生智而得意。

或许"土地岩"和"青堰村"同属一个山脉，它们直线距离很近，都以水闻名，自然就被串在一起了。而今，土地岩的那"一碗水"在青堰村叫"双胞胎泉"。全村三百余户共有四十四对双胞胎，双胞胎出生率高达百分之十二，双胞胎村方圆一公里区域内就有十三对。有的家庭三代都出现过双胞胎，甚至还出现过三胞胎。除了双胞胎的概率高外，这里长寿者的人数也是让人兴奋的。江津有百岁老人一百五十九名，占重庆市百岁老人总数的十分之一，是全国公认的长寿之乡。其中，李市镇舒义芳老人已有一百一十六岁高龄，是目前重庆最年长的百岁老人。在这次行程中，陪同我们采风的江津旅游局的维维老师给我讲了一件发生在她身边的奇特故事：江津旅游局有一个姓王的老师，四十多岁时体弱多病，头发几乎全白了，后来他在头道河住了下来，几年后不知怎么回事，满头白发居然变得乌黑透亮，身体也强壮了，结婚后还生了一个儿子，现在都二十多岁了。

如此超高的双胞胎概率和让人长寿的秘诀又在哪里呢？是富含硒的水质吗？是森林丰茂，生活安宁吗？还是悠然自在的生活方式呢？是否还有其他我们未知的因素呢？这是我在山上看到的另一个未解之谜。方圆几十里的人对土地岩那一碗水的虔诚和对双胞胎村那一潭泉水的痴迷，是我万万没有想到的。人们为了喝那一碗"圣水"，土地岩常年香火不断；为了多子多福，每天开车去双胞胎泉取水的人源源不断。有一对来自福建的夫妇，干脆在双胞胎村租了间房子住了下来……

其实，四面山的水中富含钾、锂、锌、草酸、偏硅酸等十多种有机质和微量元素，特别是硒元素含量非常丰富。而科学研究证明，硒元素有助于女性排卵，并且提高卵细胞的分裂能力，硒元素也是长寿的一个重要因素。由于"一碗水"是从地表深处浸润而出的清泉，经过重重岩层过滤，再从崖缝中流出来，不仅纯净，还在渗透的过程中吸收到更多硒元素，因此才有了神奇的双胞胎功效和长寿老人的出现。也许这才是最科学合理的解释。

在四面山，看得见的是绿水青山，看不见的是负氧富硒，这应该是创造神奇的法宝！

湾洞崖的故事

　　四面山不愧是爱情之山。在那崇山峻岭中，曾经演绎过"爱情天梯"的传奇故事。同时，在那高山的崖洞里，曾经居住过一对相亲相爱携手五十余载的老人，他们共同演绎了一段现实版的"神雕侠侣"。

　　那个崖洞，当地人叫它"湾洞崖"。它位于四面山双凤村后山的悬崖绝壁上。我觉得用"洞"来形容它不准确，它的形状就像一个两头尖中间大的橄榄，被剖开后将其横断面镶嵌在岩壁上。崖洞最高处约八米，成三十度夹角往两边延伸，长约五十米，面积三百平方米。洞壁上镶嵌着密密麻麻的鹅卵石，它本是亿万年前的产物。由于天然形成的崖洞能遮风避雨，从二十世纪四十年代起就是庄稼人的临时住地，五十年代做过铁匠铺。由于崖洞里面宽敞，地势平坦，人们就在此晾晒谷物等，但都苦于山高路陡，加上野兽出没，最终纷纷搬走，到了六十年代初，本故事的主人公，也就是无家可归的寡妇王永芳带着一双儿女住了进去。她为什么会带着一双儿女住在这个荒无人烟的崖洞呢？还得从她的身世说起。中华人民共和国成立初期，她嫁给了家住湾洞崖山顶的游家，不久后公公祖母相继去世，后来丈夫也病故，她二十九岁就守了寡，带着一双不满十岁的儿女艰难地生活着。常言道："屋漏偏逢连夜雨。"他们母子居住的土墙房因多年失修，被连夜的大雨给冲垮了，更艰难的是，她每天要到山脚下的生产队去上班，从山顶走到山脚再到劳作的田间地头，大约需要一小时，而这处崖洞刚好在半山腰上，一是为了节省往返时间，二是当时的确没有地方可住，她只好将一双儿女放在半山腰的崖洞里，这样照顾起来方便一些。

故事的另一个主人公胡仁发是抗美援朝复原回乡的退伍军人，是一个赤脚走江湖的郎中。他不仅医术好，而且行侠仗义，在乡里乡外颇有几分名气。刚开始时，他见他们母子三人生活非常艰难，就关照他们，见有人欺负总会相助。或许是因王永芳勤劳貌美，胡仁发隔三岔五就会到崖洞来看看，让乡里的一些欺弱贪色者不敢来骚扰。农忙时节王家人手不够，胡仁发总会来帮忙，见他们母子三人住的崖洞太简陋了，于是帮他们依山建了几间平房。王永芳见胡仁发每天风里来雨里去的，都三十好几的人了，衣服破了也没人缝补，于是就对胡仁发说："以后有洗洗缝缝啥的尽管拿来。"就这样，他们相互帮衬，渐渐地，两人的心越靠越近。胡仁发很早就想娶王永芳为妻，但他怕王永芳渐渐长大的儿女不同意，也怕她为难，三十多年来始终没有捅破这层关系。这么多年的无私帮助，感动了后来嫁入王家身为教师的儿媳袁莲芬，在她的主张下，1998年这对有情人才终成眷属。

2013年夏天，我在山上避暑时见过这对"神雕侠侣"。"杨过"大家都亲切地叫他"胡爷爷"。胡爷爷红光满面，留着足足半尺长的白胡子，做事干练，只见他不多一会儿就劈了一大堆木柴，走起路依然灵巧和敏捷。那个"小龙女"——王奶奶，总是笑眯眯地跟在身后，不声不响地做这做那。王奶奶比胡爷爷大几岁，但眉清目秀，看起来比实际年龄小多了。在崖洞的周围，他们依山开垦了一个菜园子，时令蔬菜种得错落有致，看得出这对"神雕侠侣"勤劳且善于种植。院坝里有一群下蛋的鸡，崖壁上还挂着几个蜂箱，成群结队的蜜蜂在房前屋后飞来飞去，崖壁上三三两两的蝙蝠进进出出。一道山泉从屋前流过，屋顶上炊烟袅袅。若不是亲眼所见，很难相信在这样一个深山中，居然会有这样一处崖洞人家。

只可惜两年后，胡爷爷离世，女儿将王奶奶接下了山。离开了崖洞和胡爷爷的王奶奶就像鱼儿离开了水，她时常呆呆地望着曾经居住过的那座山脉出神。大儿媳明白她的心思，于是就筹划着在湾洞崖原址开一个农家乐，让这处天然凉洞供游客享用。崖洞冬暖夏凉，成了人们休闲纳凉的胜地，二老的爱情故事也感动着众人的心。人们在此避暑游玩的同时，品味着他们携手走过的半个世纪，心中的感慨总会徐徐涌动。

讲述到这里，本故事就要结束了，我突然想起元好问《摸鱼儿·雁丘词》中的那句："问世间，情为何物，直教人生死相许？"如果说金庸笔下的"神雕侠侣"是人们追求美好爱情的精神寄托，那么这对现实版的"神雕侠侣"用五十载的相守、五十载的陪伴、五十载的一往情深，在这深山野岭中，将"生死相许"演绎得淋漓尽致。

第四辑　岁月如歌

万物中的一切轮回都是生命的修行，请给生命一丝丝尊严，让漂泊的灵魂去皈依，让人生的最后一站不再凄凉。

天寒，难过冬

深冬的夜，寒冷而寂静。站在医院走道拐弯处的水房等水开，一阵凛冽的寒风吹来，浑身上下透心的凉，在这寂静的寒夜品味这冷冰冰的寂静，潮湿的心也随之颤抖起来。

南方的冬天是寒冷的，特别是偏北的重庆地带最冷。不是因为天气极端恶劣，而是室内外基本没有温差，这还不算，整个冬季天空都是灰蒙蒙的，空气中没有一丝暖意，人压抑得想发狂。难怪，南方人干精火旺，脾气暴躁。

我怕过冬天，尤其怕在医院里过冬天。在这里，许多熟悉和不熟悉的面孔正悄悄地从这个冰凉的世界里消失。每当夜深人静，不时有一声声撕心裂肺的哭声划破寂静的夜空传来，人的情感顷刻会脆弱得像门楣上的冰凌，不可触摸。

人，哭泣着来到这个世界，最终被人哭泣着送走，这一辈子就像这里的冬天——悲催！

昨夜，邻床患脑溢血的大姐走了，发病前后只不过数小时。当医生面无表情地宣布死亡，护士小姐拔下她身上的气管并收起心电监护仪的那一刻，她那一双涉世不深的儿女显得惊慌和无助。此时，任何慰藉都显得多余，就让他们母子三人静静地待会儿吧，我低头走出病房。

四年前，也是在这家医院，也是在这个走廊上，我也是以这种方式送走了我的老父亲。那一天是我人生中最灰暗、颓废、痛苦、失意，也是最难过和难忘的一天。那一幕清晰而悲凉地定格在我脑海里，永远挥之不去。如今，当我再次陪着老母亲来到这里，总是希望那一幕来得慢些，再慢些。

人的一生是短暂的，一辈子就是一个转身的距离；人的一生也是渺小的，像一粒尘埃，风起尘落；人的一生也是脆弱的，是走是留由不得自己；人的一生也是卑微的，在病魔面前没有一丝丝尊严。在这个世界上，有生就有死，有来就有去，这是必然的自然规律。或许经历太多生死的医者看起来铁石心肠，其实他们是无可奈何；患者徒劳求生，最终倾家荡产，撒手人寰；美丽的护者就像被折伤羽翼的天使，在青灰色的天空中无助地漂移着；医院就像一所通往地狱的大门，冷冰冰地半开着……

落幕的人生就像一束过季的花，再美的容颜也会凋谢成一根青灰的藤。多少无奈的叹息，最终都会羽化成哀怨的曲调。万物中的一切轮回都是一场生命的修行，请给生命一丝丝尊严吧，让漂泊的灵魂去皈依，让人生的最后一站不再凄凉。

岁月回想

当岁月的钟声敲响时，来不及告别，来不及回想，一切都成了过往。我们每一个人的心灵深处或多或少都有一份对时光流逝的感伤，一份对过去美好生活的怀念，同时也怀揣一份梦想、一份期盼、一份对未来生活的渴望。

2016年对于我来说注定是记忆深刻的旅行年。这一年送走了我一生中最依恋的亲人——母亲。当一把黄土把人的一生浓缩成一块不足三尺高的墓碑时，我的内心涌出一腔从未有过的悲凉。一颗原本充沛而踏实的心顿时空荡起来，从未有过的沮丧和无助时常在夜深人静时向我袭来。为了摆脱这种局面，我决定翻山越岭去寻找一片阳光，去寻求大地母亲的温暖。借助现代化的交通工具，进行一次没有目标、不问结果的远行。

我背上行囊从东走到西，从南闯到北。在荒漠的陕西靖边，我轻轻地拾起一块瓦砾，寻找岁月的沧桑；顺手摘下一枚干枯的胡杨枝，感悟出生命的本真和顽强。茫茫戈壁那一望无际的漫天风沙，吹散了我原本颓伤的心绪。在丹崖碧水的云台山顶，漫步在十二亿年前的海滨沙滩，在感悟沧海桑田的同时，学会珍惜与放下。现在回想起来，那乌镇的雨、雁荡的山、江南古长城上的一块砖、桂林山水那一波绿、额济纳旗那一倾黄、天涯海角的那一块石、黄河壶口那波涛汹涌的浪，还有张家界那神奇的峰，都深深地印在我的脑海，并成为我人生中一笔宝贵的财富。我想说我爱这些河流和山川，但必须活着，才有爱。在龙脊的山巅，在瑶寨的吊脚楼旁，在高大挺拔的椰树下，在大海的涛声中，我终于找回了本真和快乐。

其实，路的尽头仍然是路，只要你愿意走，人生就是一场无止境的漂泊，面对生活中那些猝不及防的意外和突如其来的伤痛，以及从天而降的灾难，走出去看看外面的世界，你会豁然开朗，会有足够的勇气去承受人生中所有的风雨……

人生稍纵即逝，几十年的光阴眨眼就过去了。对于我来说，在这个世界上除了生命，什么都是小事，什么都是身外之物。活着，有意义地活着，快乐地活着，就是我今后生活的主旋律。所谓人生如戏，戏如人生，再精彩的大戏也有落幕的那一刻，它的精彩是经过舞美师的协调、剪辑师的筛选而成的。而人生的舞台没有彩排，没有预演，是活生生的现场直播，美丑善恶都反映出你的真实状态。毋庸置疑的是，我们每个人都是自己这部戏里的主角。

有些时候我总在想，假如岁月的脚步可以放慢点该多好。只可惜，这一切都是妄想。虽说每一段成长都要付出代价，但代价也是要计算成本的。当我们抛却那些天真和青涩后，还剩下些什么呢？这样的问题，常常让我一次又一次地陷入迷茫之中。

虽说人的一生如四季变更，但我总希望繁华落尽后，剩下的不是怅惘、凄凉、残伤和落魄。

浑水粑
——忆母亲生命中的最后时光

今天是"七七"。四十九天前的今天，半碗浑水粑，是母亲在这个世界上吃的最后一顿饭，也是我们母女绝别的日子。

输血后，母亲一直处于抗血反应状态，整整一周高低烧交替进行，人始终半昏迷着。之前二十天一次的输血，几乎是她维持生命的唯一粮食，而这次出现的抗血反应，意味着这唯一的粮食也无力回天了，生命通道即将关闭，母亲危在旦夕。母亲三天滴水未进，医院在一个月内连续下了三次病危通知书。接近午时，母亲微微地睁开眼，我见她精神状态有所改善，就俯在她的耳旁轻声问道："妈，您想吃点啥？"我一边问，一边举着她平时最喜欢吃的甜点——脆皮面包。母亲微微地摇了摇头，又闭上了眼睛，随后嘴里含混不清地吐了三个字："浑水粑。"浑水粑，母亲怎么想起吃这道甜点呀？我心里暗自思量着。或许，人到了这个时候想起的是遥远的曾经……

浑水粑是过去重庆很风靡的一道消夜，一到冬季，几乎家家必备。方法是用糯米加上大米用水泡上半月左右，然后用石磨将其推成浆，再装在口袋里，挂在门楣上晾干，就成浑水粑的原料了。还可以捏成一个个粑粑的形状隔水蒸熟待用，吃的时候再切成小方粒加红糖水煮透，就成一道可口的甜点了。如果在这道甜点里面放一小勺猪油加上一个荷包蛋，就是待宾客的级别了。由于那个年代物资匮乏，市面上没有现在这么多的小吃，每当寒冷的冬夜，我们几姊妹做完作业，母亲就给我们一人煮一碗热气腾腾的浑水粑，一来充饥，二来当消夜，我们吃着它顿感温暖，躺在床上感觉被窝更加暖和。我想，如今母亲要吃这道甜点一定是在医院待久了，想家了。但这么复杂的工艺，这么长的制作时间，还有制作的工具什么的到哪里去寻呢，我有些为难。

儿子听说后开着车满街问，得知这道过去家喻户晓的名小吃早在十多年前就绝迹了。儿子试着买回和浑水粑相类似的甜点：赖汤圆粑粑、麻圆粑粑、糍粑等现小吃，但都不对母亲的胃口。忽然，我想起了年糕，何不用它来试试呢？于是儿子又马不停蹄地买来了年糕。我先将年糕用温水泡软，切成记忆中的小块，再加入醪糟红糖煮透，起锅时放上几颗枸杞，忐忑不安地给母亲端去，没想到她竟然张了口，我和儿子高兴得眼泪流。

或许这道改良的浑水粑已经不是旧时的模样，但温暖的家的味道还在，这浓浓的亲情，母亲一定是吃出来了。半碗浑水粑，是我与老母亲在这个世界上一起吃过的最后一顿饭。

娘亲，今夜，女儿好想您！

老爸的报缘

老爸离开我们快三年了，望着老爸整理并留下来的十多本剪报和满柜子的书籍，仿佛他仍然生活在我们中间。

老爸退休后喜欢看报，后来又多了一个爱好——剪报。每天清晨，老爸总是准时推开门外一侧的报箱，取出报纸，然后泡上一杯沱茶，坐下来一边看报一边品茶，最后再剪报，分门别类地装订在他的册子里。于是，剪报册子里面的内容慢慢地就变得丰富起来：上至天文地理，下至百科医药；从生活小偏方到军事科技；从世间秘闻到转基因的危害，图文并茂，应有尽有。我常常笑话老爸土，如今网络这么发达，各种信息资料均可上网查阅，但他仍然保持这种习惯，日复一日，年复一年。

一天清晨，老爸打开报箱，发现里面空空的，他失望地走了回来，过了一会儿又去打开报箱，里面仍然是空空的。"今天送报纸的是怎么了？"老爸端起茶杯无心地品着。"我下楼去给您买几份吧。"望着老爸失望的神情，我主动说。"再等等吧。"说着，他催我快去上班。一连好几天都没有等到报纸，老爸心里不是滋味，于是到处打听缘由。后来听说送报纸的张老头中暑了，他为了给城里上大学的一双儿女挣学费，一天要打好几份工。自此以后，我家的报箱里就多了一盅凉白开和藿香正气水之类的东西，那是老爸特意为送报的张老头准备的。每天张老头放下报纸，喝完凉白开后便在我家的房门上敲几下，算是答谢也算是通知老爸取报，这样日复一日，年复一年，持续了近十年。

又一个夏天的清晨，房门再次被敲响，老爸打开房门，见张老头身边多了个小报童，张老头微笑着说他是来辞行的。如今他那一双上大学的儿女都毕业了，一个回乡教书，另一个留在城里工作，他要回乡伺候八十高龄的老母亲。饱经风霜、历尽千辛哺育出一双儿女的张老头此刻幸福、激动，成就感溢于言表，从他那淳朴、自豪和兴奋的表情中，我读到了希望、满足、快乐和责任。老爸由衷地祝福他，还收拾了一大包衣物送给他，并送他出家门，叮嘱他要注意身体，注意休息。老爸和张老头之间的友情深深地感动着我。

愿人世间多一份关爱，多一份友情，多一份和谐。

黄桷兰飘香

清晨，推开客厅的落地窗，一股清幽的香气随着一缕清风扑面而来。哦，父亲的黄桷兰开花了，闻着这熟悉的花香，我的眼角湿润了。

阳台上这盆黄桷兰花是父亲生前栽植的最后一株花草，自从父亲走后，它焉了好多年，但就在今年父亲祭日前夕，它又活了过来，在枯的枝杈上顽强地伸出了芽，长出了新叶，开出了洁白的花。小花朵香飘四溢，好似在纪念它的主人——我的父亲。我蹲下身轻轻抚摸这些洁白的小花瓣，泪水情不自禁地流了下来。谁说花草无情？这花它通人性呢，或许是心灵的召应吧。伸手摘了两朵放在父亲的遗像前，当年父亲买下这株黄桷兰并教我栽植时的情景又浮现在我的眼前……

六年前的一天早上，靠肾透析维持生命的父亲气喘吁吁地拎着这株黄桷兰艰难地往家走，买菜后往回赶的我刚好碰上，就急忙迎了上去，一把接过父亲手上的这株黄桷兰，搀扶着他慢慢地往家走。回家后，我叫儿子找来花盆和土，想替父亲栽花。当时身体已经极度虚弱的父亲执意要自己亲手栽植，我明白父亲是怕我没有栽花的经验，于是就将父亲扶到阳台上坐了下来，儿子连忙将花盆和土放在父亲面前。只见父亲将花盆的出水口处盖上一块瓦片，在花盆的最底层放一层粗颗粒的土，然后再将这株黄桷兰放进去，我和儿子赶紧帮忙扶正，父亲四周填好土后用清水慢慢浇透，最后让我们将花放在通风的阳台上。半个月后，父亲让我用小铁铲将盆内土划几道纵、横小沟，然后将氮、磷、钾复合肥慢慢撒入沟内，再用盆内的表土盖上，浇点水。父亲还说："四季兰要薄肥勤施，但冬季除外。"父亲种花真是行家，当年的夏夜黄桷兰就开花了，繁花点缀树冠，花香随风四溢。飘香的黄桷兰，成了我家最让人心动的风景。

这么多年来，在众多的花卉中我独爱黄桷兰，也许是爱屋及乌的缘故吧！

记得小时候，暑期正是黄桷兰飘香的时节。一到周末，父亲就领着我们兄妹俩经望龙门过河，从上新街爬山到南山姨婆家避暑。那时南山沿线没有通车，要上山就只有爬南山一侧的黄桷古道，一条被称为"老君坡"的古迹古道。我们顺着一条蜿蜒的青石板铺就的山路往上爬，山顶有一个黄桷垭镇，著名的重庆邮电学院就坐落在那里。二十世纪八十年代前，这条古道热闹非凡。山上及周边的农副产品要想运出去，就只有靠人力肩挑背背，途经此古道下山，再在上新街或者海棠溪用船载过河。上山和下山这长长的石板坡就成了必经之路。由于山高加上来往的行人多，沿坡一线的邻街住户就在自家的门前摆上老荫茶、香烟等，再放上几条长板凳，让上下山的行人在此歇脚，茶摊旁边地上的簸箕里面，就有一串串用细铁丝穿成梳子状的黄桷兰花卖，花的上面盖一块湿润的布保鲜。我们爬到半山腰后就在老荫茶摊位上喝水小歇，走的时候我会缠住父亲要花戴，父亲总是微笑着让我自己在簸箕里选一串黄桷花挂在胸前的扣子上，然后牵着我一面爬坡，一面给我讲南山上的古今传奇，从抗战遗址到孔二小姐外传，从巴渝文化到老君洞的传说……我闻着胸前的黄桷兰花香，听着父亲娓娓讲述的故事，彼时的我仿佛是天底下最开心、最幸福的女孩！

　　如今，父亲虽然走了，但他种下的黄桷兰仍然飘着花香，"巴渝文化"也在我的心中扎根，对黄桷兰的记忆，成了我一生中最难忘的回忆。

一场花开

生命宛如一场花开，花开经年，美在当季。如若体现出生命的真谛，感悟出生命的本真，那么，快乐、美丽与幸福自然就会融于其中。

——题记

光阴似箭，青春恍若昨日，转瞬便已是岁月荏苒。人到中年，只是一个转身的距离。细数过往，竟是那样平淡，没有传奇，没有波澜，更没有特别。

我时常在夜深人静时叩问时光：这一生到底在苛求些什么呢？年轻的时候，我曾经生活在低矮潮湿的旧式平房里，也有过半夜举着雨伞上公厕的经历，那时我就在想，我一定要努力工作，争取有一天住上宽敞明亮的大房子，让我的下半生吃穿不愁。现在我如愿以偿了，可感觉真正快乐的还是住平房过清贫日子的那些年。后来儿子读书了，为了让儿子有一个美好的前程，我一厢情愿地让儿子学书法、英语，整天给他报这班那班，可儿子却爱上了体育，梦想当飞行员，现在他从事金融工作，而且做得风生水起，完全没有按照我为他设计的路线走，也许最好的选择是顺从自己的心。

也不知道从什么时候起，我不自觉地将自己划为老年人的行列，兴许是从儿子叫我老妈那天开始的吧！可见，慢慢地变老是自然规律。一位哲人说过："一个女人要想幸福和快乐，必须超越年轻和美貌，必须在年轻和美貌之外还有价值。"人一生都在与时光拼搏，就如同我们一生都在与死亡作战，明知衰老与死亡是不可避免的结局，但我们依然要不顾一切地让这结局来得晚一些，再晚一些。其实，真正的缘由是我们的心理因素，对老的恐惧心才是真正加速老去的元凶。只有加强自身修养，不断学习，才能让自己内心强大。一个人如果战胜了死亡的威胁，还会惧怕衰老吗？君不见，那些精神深邃和气质优雅的人，他们的"驻颜有术"，不正是对于无可挽回的岁月最好的诠释吗？窃以为，从内涵入手，进入一个纯粹与澄明的世界，不为凡尘俗世的价值观所累，勇于活出自我，不纠缠于年龄，在美貌之外丰富自己的生活底蕴，寻求一种自身的价值，用闲云野鹤的成熟心态，从容宁静地穿行在一段段岁月的时光中更好。这既源自内心对生活的满足与喜悦，也是对自我的欣赏和肯定。

一杯酒，能让人哭，也能让人笑，只因它醉的是心；一杯茶，有人说苦，有人说甜，只因饮者品的是味；一段往事，有人转身即忘，有人却铭记一生，只因情怀各异。因此，我觉得一个人的一生不必去计算生命的长度，要从生命的质量上下功夫，要充实生命的厚度。心态决定命运的走向，而心情决定生命的质量。

有时我在想，失去的青春还会回来吗？就像我曾经丢失过的一枚扣子，我总想努力地找回来，但等我找回那枚扣子时，我已经换了一件新衣，说明过去是回不去的。但将过去的岁月用文字的方式记录下来，依旧有种沁人心脾的感动，比找回那枚扣子更有价值。对于流失的岁月，我可以不言不语，转过身，揣着自己的一份娴雅。或许，恋上文字，是一种宿命，我在墨香里种植自己的一草一木，闲时用双手将优雅的文字挽成生命的小花，别在发际，任锦瑟年华在晓风清月中走远。斟一杯春色，醉一场只属于自己的春暖花开，再寻一方幽静，一篱桃源，临水照花，与自己对话，与山水呓语，与草木耳鬓厮磨，用文字绘制一卷"清明上河图"。累了煮字疗饥，渴了烹雨代茶，困了枕墨酣睡。让所有过往在不经意间被水墨染香，让风干的字迹在时光里破茧成蝶。顺从岁月，按照自己喜欢的方式生活，让自己活得通透、平和、宁静。任光阴荏苒，任青丝变成白发，平静地直面逝去的时光，把那份美丽融化在生命中，跨越生死优雅地老去……

活在当季，美在当季。只要活出本真，那就是快乐、美丽和幸福！那么，就让我们尽情地去展示生命中的美丽吧！

其实，生命就是一场花开！

写于50岁生日之际。

儿童节趣事

六一儿童节快到了，儿子在我的床头柜放了一瓶"耗儿屎"，还附上一句留言："妈妈，儿童节快乐！"我也成儿童了，也要过儿童节了。我欣然起身，将这瓶"耗儿屎"拧开，倒出几粒放进嘴巴里。甜甜的，酸酸的，咸咸的，还有点涩涩的味道，那是一种久违的味道，好温馨，好亲切。一股纯真涌上心来，我的思绪一下子就穿越了时空，回到天真烂漫的童年时代。

记得二十世纪七十年代，重庆吃"耗儿屎"风靡，那时市面上没有现在这么多的美食让我们享用，我们随身携带的零食就是"耗儿屎"。其实，这个"耗儿屎"实际上就是用多种废弃的果皮，如陈皮、柚子皮、青梅、山楂等，添加糖和盐，经过蜜制而成的一种健脾消食的儿童零食，它的学名叫润梅丹或盐果粒，由于样子像耗子拉的屎，我们就直接叫它"耗儿屎"。那时物资匮乏，我们就把它当成了宝贝。在熬更、守夜、背书、做作业整得筋疲力尽时，就用它提神醒脑；在炎热的夏日，口渴难耐又一时没有水喝时，就用它生津止渴；而且，它还是同学、邻里间孩子们增进友谊的一种食品。它的价格很便宜，两分钱一袋，约十克左右。当然，如今物价大不同了，六十克一瓶的"耗儿屎"卖到了十元，其价格是过去的好几倍。

记得那时的"耗儿屎"一般都在商场或合作社里面卖。儿时每到儿童节这天，父母就给我们几姊妹每人五毛钱，我们拿着它可以买很多包"耗儿屎"和汽水。儿童节这天，公园的门票和里面的娱乐设施都是免费的，我们就跑进去使劲儿地疯，可劲儿地玩。儿时的快乐是如此简单，却又如此让人难以忘怀。

还记得有一年的儿童节，正在文化宫学习京剧唱老旦的我，被老师们打扮成小老太婆的模样，到台子上后，我便神气活现地来了一段"痛说革命家史"和沙家浜联唱"军民鱼水情"。表演后我能得到一朵纸做的大红花，还有几包"耗儿屎"。我拿着它就像如今的孩子们得到梦寐以求的礼物那样快乐，高兴得一溜烟往家跑。那份喜悦和惬意，让我至今难忘。

但过了十二周岁以后，我就逐渐不愿意过儿童节了，因为我觉得自己是大人了，最起码也应该过青年节。记得十三岁那年，我已经是初三的学生了，那时一个班学生的年龄参差不齐，有些学生已经十六周岁了，所以儿童节该怎么过就成了一个难题。记得儿童节那天上午放学的时候，老师宣布说，不满十四周岁的同学可以过儿童节，下午可以休息半天，顿时班上岁数大的男生看着我们几位岁数小的同学一阵怪笑，调皮的男生还一边敲课桌一边做鬼脸讽刺我们。当时，我红着脸心想，我才不过这个儿童节呢。巧的是，那天中午我突然发起了高烧，躺在床上起不来，要是在平时，我肯定让姐姐给我请假了，但那天我决定无论如何也不请假，不能让同学笑话我是小屁孩。我艰难地爬了起来，背着书包跟跟跄跄地到了学校，趴到课桌上就再也起不来了。等我醒来时，已经躺在医院打点滴了。

儿童节是我人生旅途中永远抹不掉的一段回忆，是幸福难忘的记忆。我真希望时光倒流，能让我回到童年，再快快乐乐地过一回儿童节！

站在历史的洞口

　　十年了，从主厂（重庆建设工业集团）搬迁的那一刻起，重庆九龙坡就成了中国最老牌的兵工厂历史的遗址。作为建设的军工儿女，我从小就生长在九龙坡这片神奇的土地上。如今当我随采风团来到这里，再一次站在我曾经工作、生活了三十多年的这一块热土上，抚摸着这片我曾经熟悉的、隐藏在九滨路沿长江一线的鹅公岩悬崖峭壁上的岩洞时，内心激动，仿佛当年轰鸣的机器声还在，沸腾的生产场景还在，我勤劳的先辈们还在。滔滔的长江水也仿佛在向后生们讲述这里曾经所发生过的一切，我的思绪情不自禁地穿越到了七十多年前……

　　"卢沟桥事变"后，日本侵华战争全面开始，随着战事愈演愈烈，国民政府决定将当时的第一兵工厂内迁。当时的第一兵工厂就是中华人民共和国成立初期的"296"兵工厂，即如今的建设工业集团的前身。它最早是1889年两广总督张之洞在广东石门兴建的枪炮厂，后搬迁至武汉，成为闻名天下的汉阳兵工厂，1939年底由汉阳迁至重庆。在日军对重庆进行地毯式大轰炸时，无辜的百姓葬身火海，美好的家园被夷为平地，为躲开轰炸，也为了保密，经专家勘察地形后，当局政府决定将厂址选在鹅公岩一带的陡峭岩壁上。就这样，从

1939—1944年间，工厂的先辈们克服重重困难，在沿江开凿山洞，建筑厂房，又经过十多年时间的陆续开凿，最终岩洞总计一百零七个，总面积达两万多平方米。这些岩洞分散而隐蔽，刚开始时洞里不见天日，为了提供生产的能源和照明，还专门开凿修建了一个洞内火力发电车间。就这样，我们的先辈头顶敌人的炮火，夜以继日地生产出枪支，并源源不断地送往抗战的前方。到1945年，中正式步枪的月最高产量达四千支，第一兵工厂成为抗战后方步枪生产的主要国防兵工厂之一。

中华人民共和国成立初期，人民政府将"第一兵工厂"改名为"二九六兵工厂"，"296"就成了部队生产枪支的一个番号。工厂对外实行严格保密，解放军一个连的兵力，24小时全天候全副武装持枪站岗，生产枪械的工人那时被称为军工战士。当时的管理极其严格，每个岩洞有编号，工人的工作服上的号码必须同洞上的号码相符才能进出，直到工厂搬迁前，2、5、8、10，四个车间大约有五十多个岩洞仍然在进行枪械的零件生产加工，它们是主厂的一部分。整个工厂形成了枪支生产一条龙，设施之齐备、技术力量之雄厚，在整个亚洲是独树一帜的。建设枪支远销亚、非、拉等地，后几经发展成为中国乃至亚洲最大的大型枪械军工生产企业。

走出洞口，抬头仰望，四周高楼林立、车水马龙。飞架南北的鹅公岩大桥璀璨夺目，轻轨奔驰如梭，犹如九龙戏珠。在鹅公岩大桥的右侧，十年前曾是我们的主厂，现在成了九龙坡区的核心商业中心——万象城、华润二十四城的高档住宅小区。在和平年代的今天，城市飞速发展，曾经占据主城区的这家老兵工企业迁移，沸腾的生产场面才渐渐平息。如今当我们再次翻开这段泛黄的百年老军工的历史，面对这一个个古老而充满灵性的岩洞，心里总会涌起一股对我们这座英雄城市的无比爱恋和对生我养我这片故土难以割舍的情怀。

一场伟大抗战，造就一座英雄城市。重庆九龙坡在六十多年前的抗战烽火中，飞虎队司令部设立在此，战机升空保卫领空；毛泽东乘坐专机在九龙坡机场降落（如今的九龙坡火车南站），开启重庆谈判。在九龙坡这一方土地上，积淀着丰厚的抗战文化遗产。

作为我国兵企工业的核心基地，为前线浴血奋战的将士提供了坚强保障。九万多重庆军工战士汇同全国的工人兄弟、农民兄弟，造出数以百万计的枪支，支援奋战在前线的五百万将士，赢得了抗日战争的胜利。他们不但撑起全民抗战的兵器之天，也撑起民族的脊梁。如今，那场侵略与反侵略的战争已经走远，我们没有经历过硝烟战火，也没有经历过大轰炸下，我们没有体会，但我们绝不会忘记。

寄居的乡愁

一座老城，一口老井，一栋老屋，一碗老茶，将远在天涯游子的心紧紧地锁住，那黄葛树的根很长很长，长得即使你走到海角，也能顺着它的根回家。

老城门默默地伫立在那里，就像慈祥的老母亲站在村口，不时搓着她那双粗糙的手，焦急地期盼着她的孩子平安归来。老城墙永远都矗立在那里，她用母亲般的胸怀迎接着南来北往的客人。

我的第二故乡叫安居镇。它位于重庆铜梁境内的北部口岸，它依山为城，阁道连居。它的周围有化龙山、飞凤山、波仑山，山山相连，连绵不断。涪江历千里而入境，与笸溪、琼江、乌木溪汇于城下，唐人有"危城三面水"之句。且不说商肆鳞集，帆樯蚁聚，争战要塞，也不说古之文人墨客游览胜地，诗人韩愈、书法家米芾曾流连于此，单是踏入此境，你就会感觉李白的著名诗篇《蜀道难》用在这里更为恰当。当你临江而立，不是诗人，也会激情澎湃、文诗泉涌；不是哲人，也能智慧卓越。

算起来我离开安居三十多年了，这里的一山一水、一草一木我都非常熟悉，也非常眷恋。这座建于隋开皇八年的古城，承载着太多太多的人文历史，著名的古代爱情悲剧"碧玉簪"的故事就发生在这里。如果你选一个皓月当空的日子去"波仑捧月",去闻名遐迩的"安居八景"和"九宫十八庙"留个影,那么以后即使是浪迹天涯,故乡也永远揣在你的怀中。如果你寻着那6594双抗战铁靴从"上书中央陆军军官学校"踏出的踪迹,你就会了解这座城市的历史厚重和我们这个民族不屈不挠的精神。然后,再去看看我们的城市英雄邱少云的出生地,你就会对这座城市起敬。

安居古镇虽然不大,但温馨、宁静。一条护城的小河将老城围绕,河水悠闲地流着,每次来到这里,我都会情不自禁地放慢脚步,我总会想起老街屋檐下一处处用簸箕晒着的阴米和门楣上挂着的一串串粽子,门口摆放的特色食品如糍粑、醪糟等;门里巧手的大姑娘小媳妇正借着午后的暖阳在飞针走线,不时有川戏、说书弹唱及小贩的叫卖声从老街深处飘出……错落有致的民居,攀爬过无数次的吊脚楼,楼檐上那一柱柱精美的牛腿浮雕,让我对祖国古老的建筑艺术着了迷,从此,我喜欢上了民国风情。

啊,我的故乡安居真美!那是一种渗透着灵秀与文化沉淀的醇厚之美!

我曾想,此处或许就是我赖以生存的故乡。但后来,我随着父母离开了,再后来,我回去时,便成了外乡人。那一刻我感觉自己像一只流浪的猫,顺着我熟悉的街道漫无目的地游走,感觉那条老街还认识我,我曾经住过的那栋小楼木墙上的镂空花窗还半开着,仿佛老巷里还飘着邻家阿婆的浑水粑香。但现实却告诉我,我只是一个过客,没有资格分享这里的一切。

那晚,我独自来到护城河边,对着奔流不息的河水倾诉我内心的忧伤。哗啦啦的河水好像在告诉我:走吧,离开此地,像我一样浪迹天涯、漂流四方。那一晚,我住在老街的一家旅馆里失眠了。第二天,我背上行囊,消失在茫茫人海之中……

在异乡,每当夜深人静的时候,我举头望月,时常把故乡想念,在心中把乡愁化作乡恋和着月色不停地轻声吟唱。此时，我明白了那些浪迹天涯的游子为何要寻根；在异乡，无论走到哪里，我都能品出家乡的味道，那是一种思乡的味道，那味道里有母亲的暖，有滚烫的麻辣情结。重庆安居，一个让我记住乡愁的地方！

当我步入暮年，想要叶落归根的时候，我会回到我的故乡安居；当我渐渐地变老，最终选择一块地长眠的时候，我会选择故乡安居。我心中凝结成的思乡情结，不会因为时间的推移而淡去，也不会因为心中理想的更替而消失。我的故乡——安居，永远也不用想起，因为不曾忘记！

乡愁之地——渝北

　　"小时候，乡愁是一枚小小的邮票，我在这头，母亲在那头……"台湾著名诗人余光中先生的《乡愁》给人一种难以言表的哀愁和思念之痛。而探寻余光中先生所走过的路时，我的目光定格在渝北当年一个叫悦来场的小镇，或许是为了感受一下"乡愁"的氛围吧。二十多年前我曾去过那里，青石板铺成的老街，缀着长长的古镇旧迹，穿斗式的板壁房，木质的窗棂里透着一缕缕柔和的暖阳，葳蕤的黄葛树下，一地斑驳的石阶直通嘉陵江边。有资料显示：悦来场曾隶属于原江北县（今渝北区），抗战时期，余光中先生曾远离家乡客居在这个镇上读书学习，后来他称这里为第二故乡。那时的悦来小镇因嘉陵江航运繁华一时，或许是他漫步过的嘉陵江，品尝过的江边烧烤，攀爬过无数次的青石板小路、吊脚楼，还有朱家祠堂门前的橘子果香，以及老街深处飘出的火锅香让余先生魂牵梦萦。山城的江风、河滩，乃至一段古城墙，都能勾起他浓浓的乡愁。于是，在离开大陆三十多年后，一种客居他乡的愁绪，最终让他写出了这首悠悠的小诗，表达他对重庆的思念，同时抒发海外游子心中对故乡、祖国的眷恋之情。

　　无独有偶，在巴渝这块土地上，在渝北的另一之角，在一庄殷实的大宅门里，曾经走出过一位气宇轩昂的翩翩少年。抗战时期，学成归来受重庆地下党组织派遣的他，在母亲金永华的帮助下，创办了莲花小学、志达中学，并以此为据点，发展党员，组织地下革命活动。为了给川东地下党提供活动经费，他说服母亲陆续变卖了田产，并在重庆开设了南华公司，为重庆地下党的工作做出了重要的贡献。1948年4月，因叛徒告密，他被捕入狱，无论是敌人的酷刑，还是封官许愿的诱惑，都无法动摇他的意志。最后，他被列为政治犯，关进了白公馆监狱，在狱中他大义凛然，表现出一个共产党人坚贞不屈的英雄气概，于1949年10月28日在重庆西郊大坪英勇就义，年仅28岁，他就是红岩英烈——王朴。

在一个风和日丽的初夏，我在风景秀丽的碧津公园，在绿波荡漾的碧澄湖畔，在公园高达54米的标志性建筑碧津塔前，找到了市民自发为王朴烈士修建的纪念碑，如今它已成为重庆人民的精神榜样，成为这座城市的精神图腾。顺着这座石碑，我还找到了渝北区政府新建成的渝北中学，为王朴烈士和其母亲金永华建的塑像。一座近6米高的双人塑像，记载了这对革命母子的动人故事。我手捧鲜花，为这位深明大义的母亲，为这位视死如归的英烈，深深地鞠了一躬。

王朴是一个富家子弟，殷实的家境足以让他安度一生，可他为何不顾生死投身革命呢？我思考着。抬头见公园里面市民有的在碧湖泛舟，有的手摇蒲扇在下棋纳凉，也有的在风景如画的公园里面拍照留影……我突然明白，这样国泰民安的场景，不就是在中华人民共和国成立时，"江姐"们在狱中绣红旗时，脑海里面构思了千万遍的图景吗？或许今天看似平淡的幸福生活，就是先烈不惜牺牲、无私奉献、努力奋斗的最好注释。这样的乡愁，你能忘记吗？

百舸争流的岁月远去了。一栋老屋，一张老床，一碗老茶，再供上一尊神龛，足以让千万游子去寻根。循着渝北浓浓的乡愁气息，我走进了"巴渝民俗文化馆"，里面陈列的一张张古床在我看来既熟悉又陌生。"床"在古代被定义为"安身之坐者"，意思是可以用来坐或者躺、卧的东西，我们都可以称为"床"。但将人间最美好的寓意蕴藏于床中，每个细节都透露出精巧细腻的美，这就是巴渝文化的魅力，其中蕴含了主人对人生的美好愿望和追求。房子是用来住的，床是用来休息的，在民间，老百姓称床是用来传宗接代的，再供上一座"神龛"，老百姓的生活就有了寄托。馆里面有一座被誉为"中华第一龛"的家神龛，让我大开眼界，老百姓俗称之"香火"。细想：中华民族几千年的"香火"不就是在这种神圣的期盼中延续和发展起来的吗？或许，这就是乡愁的根。

在渝北，无论你是思乡而归的游子，还是行色匆匆的过客，都会记住这块乡愁悠悠的土地。

向快乐出发

三月庆祝生日活动会暨联谊会和朋友踏春之行在丰都江池镇虎劲村举行。如今，找个理由让自己放松一下，到大自然去让心灵去放牧，成为人们的新宠。而活着，有意义地活着，健康地活着，高质量快乐地活着，已经成为我们这一代人生活的主旋律。

到大山里面去，吃土菜，喝豆浆，采点野菜，拉点家常，听点当年知青的故事，与一群志同道合的朋友休闲……

其实，"我想与你虚度时光"就是寻找快乐的代名词。

3月23日，天刚蒙蒙亮，朋友们兵分八路往重庆火车北站赶。上午十点左右，动车到达石柱火车站，早已等候在此的陈泳老总笑称，与这次活动特别有缘，一笔偌大的生意刚刚在此地结束，正好放松几天，于是他的私家车就成了这次活动的专车。我们一行受曹姐的邀请，去她空置多年的府上做客，于是大家笑称当过知青的就权当是故地重游，没有当过知青的就权当是感受当年的"知青路"。其实，让生活慢下来，过一段闲云野鹤似的生活是人生中的一大享受。

最好玩的也是最搞笑的是晚上的住宿安排。曹姐的"别墅"是一楼一底的土墙房，从堂屋上楼，上面是两间寝室，外带一个大露台。一间是主人的卧室，约十多个平方米，另一间是约有五十多个平方米的大房间，房间里面只有三张床，还不带厕所。这下大伙全傻眼了，只见曹姐麻利地拿出二十多床棉被，铺在地上打地铺，好在是木地板。这样八个地铺位、三张床，加上主人的一间卧室，差不多就够住了。男同胞们发扬风格，主动把床铺让给女同胞睡，可床少地铺多，男少女多，再说这些男同胞都是"国宝"级的，岂可睡在地上？为了便于安排，最后女同胞们集体在地上睡"窖窖铺"，可男女共处一室，半夜女同胞上厕所怎么办呢？最后在露台上放了两个痰盂，供女性专用。

第一夜十多个群友挤在一间房里面，嘻嘻哈哈地做了好多"功课"：先是练功"打盘脚"，后是打纸牌"干瞪眼"，再后来是闲聊玩乐，我忽然想起要是芳娣在，她和陈某的"对眼神功"可算是一绝，这对"傻夫妻"要是拜起堂来，那晚我们别想入眠了。大伙嬉闹够了，已是大半夜，大家疲惫不堪地躺下了，可关灯没过五分钟，陈、李二人就打起呼噜，可谓鼾声如雷、此起彼伏，与屋外淅淅沥沥的夜雨交相呼应。好不容易适应了打鼾声，下半夜谢某的梦话声再起，直接又来了个"春江花月夜"。天刚亮，曹姐就把新米稀饭、馒头、土鸡蛋、家居咸菜端上了桌，催我等睡懒觉的起来吃早饭。

吃过早饭，站在院坝极目远望，只见大山深处沟壑纵横，云雾缭绕，层层梯田缠绕在山水间，春季的山野此时正桃红李白。有过当知青经历的建芸大姐就带着我们去寻找当年的"青葱岁月"，那时一天六个工分的日子她记忆犹新。说起知青生活，曹姐自然就想到了当年他们虎劲村住在老宅里面的几位老知青。这个老宅在当时可是富甲一方的大庄园，这个村的镇村之宝就是庄园里面的"太平池"，朝门外有一个青石砌成的玄关石梯，两边是雕龙画凤的石牌坊，足以彰显主人的身份和气派。在飞檐翘角的屋檐下，曾经走出过气宇轩昂的翩翩少年，也曾经下榻过亭亭玉立的大家闺秀，可是如今"雕栏玉砌应犹在，只是朱颜改"。

参观完庄园，曹姐为我们一行人去打豆浆，准备晚上点豆花，于是我们就上山采折耳根、挖野香葱、摘椿芽，忙得不亦乐乎。上山时我们囊中空空，下山时如老骥重驮。一行人不仅在山上采了野菜，还在老乡家里采购了带回城里的土味，如土鸡、土鸭、鸡蛋、鸭蛋、鹅蛋、老腊肉等。归途中，老远就看见陈总担着曹姐打好的豆浆，正晃晃悠悠地迈着碎步往宿地赶。或许，他正在寻找他的"青葱岁月"！当年的他可是一根扁担、两根绳索，跌宕着身躯，挑起沉甸甸的希望。

晚上"麻五"张廉五大哥赶来了，他自知来晚了理亏，于是自罚三杯后和行长李玉新、"干洞子"冯传新来了个对酒当歌。我们见他喜形于色，忙问个中缘由，原来他在离此地不远处下单买了一套避暑的小别墅。看来我们今夏集体避暑又有地方了。

本次活动可谓是以后休闲度假、集体娱乐的一次成功预演。在此，特别感谢曹姐对本次活动的无私奉献，感谢陈总及小李对本次活动的友情支持，感谢江池村民的深情厚谊，感谢谢英、刘建芸、刘新琳、杜玉兰为大家准备的丰盛的一日三餐，也感谢群主周忠明和陈俊、唐新渝夫妇对整个活动的筹划和组织。谢谢大家参加黄英、胡筱红、何莲琼、张廉五的生日活动会，愿我们的友谊地久天长。

绿叶情思

春天，百花盛开，正是踏青的好时节。每到春天，我总会邀上三五好友，沿着乡间的小路去找春天。

我爱花，爱火红的山茶、洁白的玉兰、金黄的迎春、粉艳的海棠，以及各种各样叫不出名字的野花，它们在绿叶的衬托下美不胜收，让踏青的人们流连忘返。我常常在踏青途中静坐在花丛中，凝望着那自始至终默默无闻地衬托着鲜花的绿叶，它让我想起了许多许多……

那年，刚满十六周岁的我，参加了全国恢复高考的第二次升学考试，却以六分之差与理想大学失之交臂。带着遗憾和失望，我来到重庆一家大型企业工作。当时的我稚气的脸上写满了纯真、茫然和梦想，盼望着早日能自食其力。一个多月后我被分配到车间做检验工。我的师傅是一个比我矮的半老头子，看着他一身油腻腻的工作服和长满老茧的手，我心里着实有些看不起他。可就是这个让人瞧不上眼的半老头子，用他精湛的技术和高尚的人格征服了我，让我爱上了工厂，爱上了检验这个岗位，也是他改变了我人生的轨迹。

记得我还未出师的一天，工厂举办了一次岗位练兵大赛。为了在大赛中取得好成绩，师傅不仅拿出千分尺、游标卡尺等通用量具，也拿出了他在工厂多年积累的看家本领，手把手一丝不苟地教我操作要领。最终我和师傅夺得了那次练兵大赛的第一名。开大会发奖时，师傅让我上台领奖，而他自己却坐在观众席里微笑着向我鼓掌。紧接着工厂要择优录取一批新工人充实干部队伍，师傅早早地将消息告诉了我，但高考失利的阴影笼罩着我，我摇摇头不敢报名。得知我的心思后，师傅找来复习资料，抽空和我一起复习，还在重点部分画上红线让我反复背诵，经常抽查我的复习进展情况。终于，我铆足了劲，第二次走进了考场……

发榜时大家争先恐后地去看分数，我紧张地躲到休息室不敢出来。"丫头，丫头，你考上了，第一名，考上了。"师傅帮我将理想变成了现实。记得我上任的那天清晨，师傅特地换了一身干净的工作服，送我到一号办公大楼，微笑着向我挥了挥手，做了个"加油"的手势。多少年来我一直记着师傅的这个手势，闯过了工作中一个又一个难关。正是师傅这个手势，让我重新树立起继续深造的信心。多少年过去了，每当我回想起当年工厂里那沸腾的生产场面，那轰鸣的马达声，那"抡起了铁锤响叮当，造出了枪炮送前方"的场景，内心深处总是涌起一股对过去工厂岁月的怀念和对培养、帮助我的师傅的感激之情。

"妈妈，妈妈，绿叶为什么长在花儿的下面呢？"迎面走来一对母女，孩童天真的问话打断了我的沉思。望着母亲微笑着向小孩解释的情景，我忽然明白了，师傅就是那万花丛中甘当陪衬的绿叶。我们的工厂乃至国家建设，正是有了许许多多像师傅那样的绿叶，才有万紫千红的春天。如今年过七旬的师傅虽然因脑血栓瘫痪在床，但我永远尊敬他、崇拜他、爱戴他。

我爱绿叶，我赞美绿叶，我愿像师傅那样做一片默默无闻、无私奉献的绿叶。

悼念我的师傅邹炳成先生

我们的工厂被整体迁移了，家属区也被拆迁了，两年前我搬离了那里。

前些日子回去看了看，整个就一大片正在修建的高档住宅小区的工地，完全看不到一丝百年军工企业的踪影。师傅的家再也找不到了，他是和我一样买了商品房搬走了呢，还是住进了政府指定的安置房？想必一生清贫的师傅在房价高涨的年代是很难买得起商品房的。瘫痪在床的师傅的情况又会是怎样的呢？想到这些，我心中不由得阵阵不安。于是，写了一篇思念师傅、题目为《绿叶情思》的散文发表在某内刊上。不料昨晚收到一位过去的工友发来的短信，说就在我搬走后不久，师傅就因脑溢血去世了。看完短信，我万分难过，怕正在生病的老母亲听见，便关上房门失声痛哭。后悔这些年忽略了待我像亲人般的师傅。记得我搬走前，去看望过师傅一次，他长年瘫痪在床，又因脑梗后遗症说不清楚话，但脑子是清醒的。我走的时候师傅还微笑着给我做了一个他过去常给我做的"加油"的手势，不承想这竟成了我们师徒的永别。

师傅的一生是平凡的，也是伟大的。说他平凡，是因为直到退休他都是个普通工人，最高"官衔"就是一线的生产班长；说他伟大，是因为他在平凡的工作岗位上做出了不平凡的成绩。他先后培养出多名在军工企业内部小有名气的枪械专家和技术能手，曾经获得过市级劳动模范称号。"浓缩的都是精华。"师傅虽然个子不高，貌不出众，但他集睿智、风趣于一身，技术精湛而不张扬，能歌善演（方言剧），书法功力深厚，至今让徒弟我佩服不已，特别是那种甘当绿叶的精神让我终生难忘。

师傅是农民的儿子，那些年他省吃俭用，只为资中老家的亲人能够过得好一点。

尊敬的师傅，您好好休息吧，您一生太累了，去天国的路上一路走好，请原谅徒儿不孝，未能送您最后一程。愿您老人家在天国没有痛苦，幸福平安！